新潮文庫

百年泥

石井遊佳著

JN018508

新潮社版

11326

百年泥

チェンナイ生活三か月半にして、百年に一度の洪水に遭った私は果報者といえるのかもしれない。

前日は一日中豪雨だった。午後には授業を早めに終了して生徒を帰らせ、翌朝窓を開けたらアパートの周囲はコーヒー色の川になっている。

そのとき携帯電話が鳴り、出ると受け持ちクラスのアーナンダだったが、

「こうずいですから、きょうじゅぎょうはやすみます」

茶色の水をみつめながら私は言い、

「……はい……せんせ……はい……」

とぎれとぎれの声がどうにか聞き取れた。伝達事項があるさいなど、面倒見のいい彼がたいていクラスの窓口になってくれていて、今日も気を利《き》かして電

話をよこしたのだ。電話を切って向かいの家の玄関に目を移す。門扉《もんぴ》の上部分が、とつぜん水面から生え出したように見えるその状況から推して水の高さは一メートルを越えている。私の部屋がアパートの五階だったことをあまたの神仏に感謝しなければならない。

きのう、教室の窓の外から聞こえる雨音のあまりの激しさに気づいて教科書から顔をあげ、

「あしたはこうずいかもしれませんね」

笑いながらホワイトボードに「こうずい flood」と書いたのが遠い昔のようだ。茶褐色の水をへだてた家の二階の窓から家族五人の顔がのぞく。右方向から頭の上に大荷物をのせた夫婦らしい男女が、たっぷり胸のあたりまである泥水の中をゆうゆうと歩いてくる。

それを目で追いながらパソコンをひらいて地元テレビ局のデジタルニュースを見ると、

〈チェンナイで百年に一度の洪水！　アダイヤール川氾濫《はんらん》、市内ほぼ全域浸水か〉

との見出しが躍る。記事を読みかけたところでふと、さっきの電話で洪水の間それぞれが家で自習すべき課題を言いそびれたことを思いだし、携帯に飛びつきリダイヤルしたが耳にしたのは〈No connection〉の音声のリピートのみだった。再度パソコンをひらくがすでに画面いっぱい〈このページは表示できません〉のメッセージ、けっきょくこれを最後に電話やネットをふくめすべての通信は断たれ、前夜以来の停電につづいて水道の水も止まった。

熱赤道上のチェンナイは年間つうじて蒸し暑く、もっとも暑い時期は五月から六月、私がチェンナイに来たのは八月下旬だから酷暑期直撃はまぬがれたものの、ほどなく雨期攻撃が開始された。未明にすさまじい雷鳴を聞いた直後から豪雨、朝豪雨昼豪雨夕方豪雨で道路に水があふれ、バスもバイクも走れず教室に生徒が二三人しか来ていない日が十月、十一月に何日かあり、あまつさえ度重なる長時間停電、インド初経験の私はこんなものかなと思ってたが、ついにゆうベアダイヤール川の堤防が決壊した。

私の住むアパートから見て、会社はアダイヤール川をはさんだ対岸、歩いて十五分ほどだ。毎日この川にかかった橋を渡って会社へ行き、社員に日本語を教えるのが私の仕事だ。

インドへ来る前、私は多重債務者だった。すぐ返すから、と男に頼まれた。つきあい出して半年ばかりの自称フリーライター、種々雑多な媒体に雑文、主として競馬関係の文を寄稿するらしかったが、私は競馬に興味がないので一度も読んだことはない。自由業らしく無精ひげをはやし、長めの髪をいつも後ろでポニーテール風にまとめ「それはそうと」「絶対」が口癖、「おれもう借入件数が多すぎるからさ、ＪＩＣのブラックリストにも載ってるしサラ金では借りられないんだよね。それはそうと一か月したら必ずあの件の振り込みがあるから、絶対迷惑かけない。絶対」

他人に貸す金などなかった私はやむなく某サラ金で借り、男に渡す。男とはその二日後連絡が取れなくなった。一か月後に「あの件」の振り込みがあったかどうか知らない。一週間もしないうち、見事な巻き舌で話す情熱的な男たちの訪問をうけはじめた。その数が尋常でないため問い合わせると、くだんの男が私の名義と国保のコピーを使い、十数社から借り倒していた事実が判明した。このように来る者こばまず、本人確認を行うことなく貸し付けるふところの深い金融会社ばかりであるから、取り立ても熱烈なのだ。ふだんから人の話をよく聞かない習性がたたってこうなった。

困りはてた私は、ついに恥をしのんである日、去年別れた元夫に借金を申しこむことにした。実のところ元夫には何度も金を借りて返済しておらず、すでに五度目。

元夫は不動産・株取引仲介をはじめとしてシニアのお見合いパーティ、援助交際あっせん、遠洋漁業人材派遣など何かとブローカーをしている。高田馬場駅前の、エレベーターのない雑居ビル三階にある事務所へ行き、形ばかりの受付で用件を言い面会を申しこむ。彼は三十分ほど待たせて現れ、

「仕事あるよ、チェンナイに」

だしぬけに言った。私は、

「タイは行ったことないんだけど……」

彼は額の前で手をふり、

「チェンマイじゃない、チェンナイ。南インド」

「何の仕事」

「日本語教師。日本企業と取り引きが多いIT会社で、社員教育のために日本語の先生が欲しいんだってさ」

日本語教育に関し未経験であることでは誰にもまけない私だったが、元夫にまだ全然返済していない借金があるため拒否する勇気がなかった。契約更新は一年ごと、月給は日本円に換算すれば安いが、現地での生活費が日本にくらべ

桁《けた》違いに安いから、月々そこそこのお金は残るというのが元夫の説明だった。

「毎月おれの口座あてに国際送金してもらって、そうだなあ、だいたい五年くらいで完済できるんじゃない」

「……あの私、今まで隠してたけど、じつは雪国そだちで……」

「ああでも、インドルピーを日本円に両替する手数料も結構かかるから五年じゃ無理だな。七八年か」

二日後、私はヒンドゥー・テクノロジーズというその会社の東京支社へ行き、チェンナイから出張に来ていた副社長と面接、どういうわけか即OKとなった。煩雑《はんざつ》なインドの就労ヴィザ取得プロセスも奇跡的スピードで進み、二週間後私はチェンナイにいて、その翌日授業がはじまった。

着いたとも気づかぬうち着いていたその街で最初に知ったことは、ここに月光仮面がいるということだった。よく見ると全員女性で、スクーターに乗るさい、世界平和でなく大気汚染から呼吸器官を守るため、スカーフで頭部をぐるぐる巻きにした上にサングラスをかけた結果の相似らしかった。急激に都市化したインドの街はどこもそうであるように、中学の地理で落ち武者ヘアーの社会科教師に「マドラス」と習ったこの街もまた信じがたいほど空気がひどい、だがこの騒々しく殺伐とした街のいたるところにただよう海の予感によって、それは多少やわらげられている。東京での面接のさい、副社長のカールティケーヤン氏はそう言った、チェンナイは海がちかいです、すぐ東はベンガル湾ですから夏もあまりあつくなりませんよ。地図でみるかぎりたしかにそうだが、いたって雑然としたこの街のありさまを眺めていれば疑いたくもなる。ほんとうに、海などあるのだろうか？

洪水三日目。

朝のカーテンの向こうに私は、ついに地面を見た。かばんをひっつかみ、アパートの階段をいっさんに駆け下りる。まだエレベーターなど動いてはいない。地面を踏みたかった。三日ぶりに目にする地面、泥まみれだろうがなんだろうが片足ずつ、右踏んで、左踏んで、じん、と感触をあじわう。ああ地面、そのまま会社へむかう。直接川に面してはいないが、私のアパートも会社もともにアダイヤール川の配下にある。私のオフィスは二階だが水が来たかどうか。

街に出てまず気づいたのは名状しがたい匂《にお》いだ。すっぱいような甘いような、くどいくせに目鼻立ちのはっきりしない匂い、人生初の洪水翌朝の匂い。そして住宅地を通る道路の両脇《わき》に延々と続くのは、泥まみれのゴミの山、それらの前世はカーペットにマットレス、チェックのシャツと学童用半ズボンとサリーの被布《ひふ》、サンダル、裂けた樹《き》の枝、どぶねずみ、チェンナイに多いクリスチャン宅前の真っ赤なベストを着たシロクマのぬいぐるみ、スパイダーマンの人形、等々の名で呼ばれていたおびただしい何ものかだ。路傍にうずくまるこれらの一つ一つからたちのぼり、ねっとりなれあった匂いがそばを歩く私をふいに抱きしめ、全身の毛穴から容赦なく浸透してくる音がまざまざと聞こえる気がした。そのため何秒か気が遠くなっていたのだろう、何かにつまずきかけてとっさに脇にあった木の枝をつかみ、うすぐらくなった視界の夜が明けるのをしばし待ってると、「あらあら大丈夫?」すぐ近くで声がして顔を上げれば通りがかりの白髪のサリー姿の女性、右手に牛乳のパック、左手にトマトとオクラの詰まった袋を持っている。「いえ、ぜんぜんOKです」と私が反射的に答えるとおだやかに微笑《ほほえ》みながらインド式に頭を傾け、「気をつけてね」女性はそのまま去り、何か変だな、まだはっきりしない頭で思ったがともかく会社へ急ぐ。百フィート道路に出てアダイヤール川に近づくにつれ、とりわけ橋にむかって道が上り坂になるあたりで、たちまち視界は子供の手をひく巨大なサリーのお尻、杖《つえ》をつく老人、肩を組んだ若い男の三人づれなどでうめつくされ、歩くのも困難になる。人々の頭や肩の間からちらりと垣間見えたところ、信じがたいほどの群衆が橋の上に集結しているのがわかった。

百年に一度の洪水とあって、近在の人々がこぞって見物に集まってるのだ。

会社は川を渡った左手にある、だからこの橋を渡らなければ会社へ行けない。

いつもなら一二分で橋にたどりつく坂道をのろのろ歩くこと十五分、所在なく私は左手の手すりから下の道路に目を落とす。土手へとつづく下の道路ぞいにならぶ工具店にペンキ屋、フルーツジュース屋、看板に〈ＹＡＭＡＨＡ〉と大きくジャパンブランドの書かれたバイク屋などの諸店舗はいまだ泥水の中、いつも露天のココナッツ売りがいたあたり、ぱん、と鉈《なた》で一撃した大ぶりの実のてっぺんにストローを挿しちゅうちゅう吸いあげる客たちがちらばってた樹下のへん、今はいちめんの茶色い水、その隣に公衆トイレのあったことは思い出さないようにしてたらふいに段差に蹴《け》つまずきそうになる。橋のはじまりだ。ようやく橋にたどりついた。

闘志まんまんの人々の群れにもみくちゃにされながら何とか左手の欄干から下をのぞきこんだ。今まで見たこともない近さまでせりあがり、橋脚のまわりで猛《たけ》りくるう黄土色の激流に私は茫然《ぼうぜん》とする。

本格的な雨期に入る前のアダイヤール川は典型的な都会のドブ川だった。橋を渡るたび強烈な腐敗臭に急襲され、目をしばたかせつつ薄目で見れば川岸のいたるところ散乱する大量のゴミ、中洲《なかす》の両側に濃い緑がかった少量のグレーの水が淀《よど》む。五百万都市チェンナイのあらゆる人間活動に付随する膨大な未処理の下水が毎日、このアダイヤール川をはじめチェンナイの主な三つの川と運河へ滂沱《ぼうだ》と垂れながされ、曲がりくねりながらベンガル湾へ注ぎこむものらしい。さしあたり私はチェンナイで魚を食べる気はない。それでもおびただしい鳥が水上を飛び、中洲で休み、またときおり川面《かわも》に紫色のホテイアオイの群生がきれぎれに流れてゆくのを見れば、なおこの川が界隈《かいわい》の生命のよりどころである不思議を感じさせられる。

そして洪水後の今、橋の上に目を移せば、川がたのしげにそこを通過したあとが一目瞭然《いちもくりょうぜん》だった。橋の中央には広い車道が走り、その車道の左右を通る歩道にそって幅一メートル、高さ五十センチほどに盛り上げられた泥の山が、長さ五百メートル以上あるコンクリート橋の端から端まで延々とつづくそのありさまは、川の抱擁のさいいやおうなく橋がうけとめた泥とその内容物の膨大さを物語る。このおびただしい泥を両端に掻《か》き寄せたのは何十人もの人びとの何時間にもおよぶ熊手《くまで》の努力にちがいないが、百年ぶりの洪水ということは、それは一世紀にわたって川に抱きしめられたガラクタやら何やら、あらゆる有象無象がいま陽の目を見たということだ。都会のドブ川の、とほうもない底の底まで攪拌《かくはん》され押しあいへしあい地上に捧《ささ》げられた百年泥。

ここにいたって、街に出てから延々とつづいていたあのねっとりむれた匂いは最高潮に達し、匂いの本源はまさにこの百年泥だったのだ、ここまで洪水の翌朝臭を吸い込みつづけた私の全毛穴はもはや完全飽和状態、どうやらこの匂いに心身を明け渡してしまったらしいが一体どこへむかうことやら、うとうとかんがえたところへ私の真ん前を歩いていた黄色いサリー姿の四十年配の女性が、いきなり泥の山の中へ勢いよく右手をつっこみ、

「ああまったく、こんなところに！」

大声で叫びながらつかみだすと同時にもう一方の手で水たまりの水を乱暴にあびせかけ、首のスカーフでぬぐったのを見ると五歳ぐらいの男の子だった。

女性は片手でほつれ毛をかきあげ、いまいましげに舌打ちしながら、

「七年間もどこほっつき歩いてたんだよ、ええ？　ディナカラン！　親に心配させて！」

ぎゅっ、と丸刈り頭の男の子の耳を引っ張るとたちまち子供は泣きだし、母親に引っ張られるまま人ごみの中へ消えた。と、私のすぐ後ろで、

「なあんだよジャイクマール、こんなところで寝てたのか」

大きな男の声が上がり、ふりむくとすでに百年泥の山からつきだしたたくましい四本の手足が目に入り、ターメリック色の長腰布《ドーティー》を巻いた六十年配の男二人に抱き起された男は、泥だらけの顔でまだ眠そうに眼をぱちぱちさせていたが、「おまえなあ、いくら寝るの趣味ったってよ」呆《あき》れたように二人の親友がせえのっ、歩道の敷石に足を踏ん張り力まかせに泥の中から引きずり出したの

を見るとゆうに身長百九十センチ以上はあろうかという長身の若い男、よくこんな体がこの泥の中にうもれていたものと感心させられたが、「授業中しょっちゅう居眠りしちゃあ先生にぶんなぐられてたのにまだ足りんのか？」「そうだよジャイ、覚えてるだろ作文のバールラージ先生？」まだあくびを繰り返しつつ照れ笑いする泥だらけの青年が親友たちと肩を組んだのを見ると、親友にしてはまばらに残った白髪あたまにシャツはだかという両側の男とあまりに齢《とし》が違いすぎてるようだが再会の喜びに輝く三人の顔はいかにもまぶしく、

「ひさしぶりに映画でも行こうか、どうする？」

「お袋さんずっと探してたんだぜ、もっとも十年前葬式はすんだけど」

「奥さんは一年たたんうち再婚したけどな」

言ったとたん三人揃《そろ》って息の合った馬鹿《ばか》笑いを炸裂《さくれつ》させ、大きく肩を揺らしながらほどなく雑踏にまぎれたが、そのときようやく私は、さきほどから自分が感じていた違和感の内容に思い当たる。なんで私、まわりの人たちの言うこ

とが分かるような気がするんだろう？　たしか昨日までタミル語がひと言も分からなかったはず、最初に匂いで気が遠くなったあと異変が生じたのだから、当然この百年泥の匂いとの関連性をうたがってみるべきだったが、考えるまもなく背後から、

「せんせい、おはようございます」

日本語で呼び止められた。

声を聞いた瞬間見当がつき、ふりむく前からもう私はうんざりしている、目の前にいたのはやはりデーヴァラージ、口の端にいつものうすわらいがうかんでいる。

彼はいま受け持っている日本語クラスの生徒の一人で、竹製の熊手のような道具を持ち、会社で見慣れたシャツとスラックスではなく、上はTシャツで下に道路工事の人たちが身に着けるような短腰布《ルンギー》を巻いているところから見て、洪水後の橋の上の清掃作業でもしていたのだろうか。私が、

「おはようございます、デーヴァラージさん、いま何をしていますか」

しかたなくそう訊《き》けば、

「トラフィックエラーでペナルティワークの、します」

「ペナルティワークを、しています」

訂正しながら私は、タミル・ナードゥ州に交通違反を労役で払うシステムがあることを思い出す。人事部のスタッフが約束した日に来ないので訊くと、そのようなことを他の社員が言っていた。

デーヴァラージはあつかいやすい生徒ではない。日本語トレーニングプログラムの授業を開始して二週間後、私の頭頂部にみごとな十円ハゲができたが、その少なくとも八円ぶんはこの人物のせいだ。

たとえば初めて授業で漢字を教えたときのこと。漢字には意味がある、という説明のため私は「好」の字をホワイトボードに書いた。

「この漢字は、ふたつのパートでできています。左は女、右は子どもです。女の人は子どもがすきですね、ですから」

あらためて〈好〉の字を指し、

「この漢字は〈すき〉、という意味です」

すかさず「せんせい」とデーヴァラージが言い出したことには、

「私はきのう電車に乗りました。電車はとても混んでいました。二人の盲目の女の子が乗っていて、ずっと立っていました。その子たちの真ん前に女の人が座っていました。でもその女の人は女の子に席を譲りませんでした。ですから女の人は子どもが好きではありません」

むろん英語で、おおむねこういった内容だったが、いったい何の理由で、こんなことを漢字の説明のさいちゅうに持ち出すのか理解にくるしむ。たしかにラッシュ時のチェンナイの交通機関や幹線道路の混乱は想像を絶し、例えばこの会社の重役は全員、ラッシュを避けるため飛翔《ひしょう》によって通勤するが、それはチェンナイで暮らしはじめて以来、今では見慣れた光景になった。

たいてい毎朝九時ごろ、すでに三十度をはるかに超える酷暑の中を私は会社玄関に到着する。その時ちょうど前方で脱翼した人をみると副社長で、

「おはようございます」

あいさつすると大柄な彼は私にむかって愛想よく片手を上げた。そのまま趣味のよいブルーのワイシャツの襟元をととのえつつ両翼を重ねて駐車場わきに無造作に放り出す、すると翼が地上に到達する直前に係員が受け止め、ほぼ一動作で駐車場隅の翼干場にふんわり置いた。

インドに来るちょっと前、大阪から遊びに来たという女の子と池袋のうどん屋で知りあい、私のことを亡《な》くなった叔母に似ていると一方的におばちゃんよばわりしてきた子だが、よりによって空港でインド行きの飛行機に乗るべく大きな荷物を引きずってるまっさいちゅうにその子からメール、〈おばちゃん、さいきんインド人飛ぶん？　いまユーチューブで見たんやけど〉とあった。なるほどこういうのが、例の大阪風味のボケかと私は思い、インドに着いた翌朝

会社にむかって歩いていたら、本当に飛んでいた。

ヒンドゥー・テクノロジーズは東京・大阪・福岡に支社を持ち、副社長カールティケーヤン氏は福岡支社で支社長を務めた経歴の持ち主で、たびたび身内に敬語を使うといった問題点はあるものの概して日本語は堪能《たんのう》だ。若いころはさぞやと思わせる整った精悍《せいかん》な顔だち、朝の飛翔による半白の鬢《びん》の乱れを掌《てのひら》でていねいに押さえながら、

「お元気ですか」

「はあ、なんとか」

答えながら駐車場の対角線上に目を移すと、真上から鮮烈な朝陽を受けた翼干場のまばゆく照り輝くのが見えた。そこに植えられてるのは一本の巨大なバナナの樹で、この樹は太陽がどの角度になろうがつねに一定の日光が当たるよう工夫されている。急な雨のさいは専属の係員が急いでこのバナナの枝に干してある幾対もの翼を取り入れることはいうまでもない。私がカールティケーヤ

ン氏と挨拶《あいさつ》をかわす間にも急角度でまた別の役員が到着、着地と同時に背中に両手を回しすばやく脱翼するや、吸い殻をすてるように中指と薬指に太いゴールドの指輪のはまった手が大きな翼を放り出し、心得た係員は両翼を一動作でバナナの枝に置く。

そのバナナの樹の隣に、社員がお茶と軽食をとるスペースがある。いい匂いにつられておもわず顔をむけると、横長の台の上にまな板やコンロを載せた簡易調理場でサリーを着た調理員たちが忙しく手をうごかし、社員の朝食用にミルクティーとバナナの天ぷらを用意しているのが見えた。南インドには冬らしい冬がなく、そのため季節をとわず、見上げるようなバナナの樹の枝という枝にはつねに青いバナナの実がふっさりと生《な》っている。その実をもいでは皮をむく者、まな板の上で縦に薄切りにする者、衣をつけて揚げる者、朝食をとりに来た社員にお茶を淹《い》れる者など、様々な仕事を分担してきぱき立ち働くのに私は見惚《みと》れた。南インドのバナナは、未熟な果実は天ぷらに、熟した果実は生食、花はカレー、茎はサラダ、葉は食器として用いられるというのだからまことにかたじけない植物というべきだ。

「じゃ、これからミーティングなので」

多忙なエグゼクティブらしく、カールティケーヤン氏はエレベーターの扉を押さえて待つ警備員に顎《あご》でうなずき、如才ない笑顔を残しすばやく消えた。

その後もぞくぞくと別の役員が駐車場に舞い降りたが、係員は回収した翼が重なり合って日光から隠されることのないよう、じつに手際《てぎわ》よくあちらの枝、こちらの枝へとそれらを按配《あんばい》してゆく。何しろチェンナイの道路状況はつねに最悪であり、それにともない朝夕を中心に無軌道な飛翔を繰り返す輩《やから》が激増したため翼による飛翔を特権階級に限定する制度の整備がなされたのはようやく去年というから、それ以前の惨状は想像にあまりある。

副社長はこのヒンドゥー・テクノロジーズの出した日本語教師募集広告が回り回って元夫の会社へ舞い込み、元夫の半強制推薦により応募した私を面接したさい、インドに行ったことがありますか、とか、健康ですか、とかごく簡単な質問を二三発したのみで、私が過去日本語教育についてどれだけ学び、いかなる資格を持つ者かという基本的事実についてすら確認することはなかった。私についての基本的事実とは日本語教育について何ひとつ学ばず、いかなる資格も持たないということである。

日本語教師の資格とはすなわち、大学で日本語教育課程を修了する、あるいは日本語教師の養成講座を受講する、もしくは日本語教育能力検定試験に合格するといった修学過程をへて得られる由《よし》であるが、いうまでもなくこの時点で私はその事実すら把握してはいない。

現在日本に三つの営業拠点を持つこの会社で、日本への社員の赴任や出向が頻繁にあることはもちろん、部署によっては週一回スカイプを通じ日本の取引先と会議したり、また日本人がこちらの本社を訪問する機会も数多い。そのため数年前より社員むけの日本語トレーニングプログラムを立ち上げ実施に及んだものの、どうやら、今まで雇った本物の日本語教師がみな一年程度で辞めてしまうため、要はネイティブに日本語を教わるという点のみで満足すべしと達観したものらしい。さすがインド五千年の歴史、何たる鷹揚《おうよう》さと感心したが、堕地獄のくるしみを日がわりであじわうはめになったのはむろんこちらだ。一説に、僧侶《そうりょ》が堕《お》ちる専用地獄に三種あるそうだが、生半可教師が堕ちる地獄は教室にほかならない。

チェンナイに来てこの会社の門をくぐり、与えられた二階オフィスの事務戸棚に、私は『みんな日本語』という上下二冊の厚い教科書ならびに同書の英語版参考書を見出《みいだ》した。これが日本語教育においてもっともポピュラーな教科書であることを後にネットで知る。英語版参考書には、日本語教科書の文や語彙《ごい》の英訳ならびに主な文法事項についての英語の解説などが記載されている。さらに血まなこになって棚を物色する私の前に、以前の教師が使用したものらしい副読本が現れた。つまり教師が指導するさいのコツなどが解説された指南書であるが、ゆっくり研究している暇もない私はただちにその日、夜のふけるまで会社に居残り、これを斜め読みしつつ人事部からせしめてきたコピー用紙に、赤黒青三色の水性ペンで生徒に教える項目を書きなぐり第一日目の授業の教案をでっちあげた。タミル語ができない以上、少なくともごく簡単な日本語の説明だけでどうにか理解できるレベルにクラスが到達するまでは媒介言語として英語を使わざるをえず、あらかじめ文法や語彙の説明をすべて英語で考えておかねばならない。この日から、前日教案でっちあげ、翌日それを横目で見ながら口からでまかせに授業するという自転車操業が開始されたのだった。デーヴァラージはその私の、教師としてのレベルを第一日目から敏感に察知し、まったく尊敬にあたいしない人物たることを見抜いたのにちがいない。

クラス開始後のごく短期間でメンバーをおおむね掌握、つねに全体を睥睨《へいげい》する位置にいたのがこのデーヴァラージ、私がいくら声をからし「静かにして下さい！」と注意しようがこちらを一顧だにしない連中が、デーヴァラージが軽く舌打ちの合図を送ればたちまち水をうったように静かになる。

ちなみにデーヴァラージはおもわず二度見するほどの美形だが、彼がこのクラスでずばぬけて育ちがわるいことは、ふだんの言動とときおりみせる下卑た表情で明瞭だった。

例えば初めての文法小テストのときのこと、私は前の教卓に座り全体を厳しく監視すべきところ、教案づくりにいそがしく全然教室を見ていなかった。私が顔をあげるのと、デーヴァラージが隣の生徒と目くばせを交わしながら答案用紙を机に戻すのが同時だった。とりわけ出来の悪いその生徒にデーヴァラージが自分の答案用紙をカンニングさせていたとほぼ確信したが、はっきり見たわけではない。そのため私は黙って二人を凝視したものの、間髪を容《い》れずデーヴァラージがすさまじい目つきで睨《にら》み返してきて、おもわず私は顔をふせる。

この日本語クラスは男ばかり七人、のち一人クビにして六人、デーヴァラージ以外の他の生徒はおしなべて、とりたてて金持ちというわけではないが大学教育を受けられる程度には困っていない、堅実な家庭育ちの基本的におっとりした人ぞろいに見える。インドの大学卒業時期はおおむね五月、新卒でこの会社に採用された彼らは、私の着任の八月を待って配属前にまず四か月間日本語を学習することを命じられたのだ。ちなみに新卒でない社員の場合も、日本語トレーニングプログラム参加を命じられるとプロジェクトの区切りのいいところできっぱり本業と手を切り、四か月間はひたすら日本語と格闘する日々となる。

たとえば英語もタミル語もわからない日本人女性を口説きたいとか日本に出稼ぎしたいとか、そういった主体的選択のもとに自腹で日本語学校へ通う人たちとはまるきり状況がことなるわけだ。会社が日本人教師を雇い教科書ノートその他の教材も提供、むろん四か月間きっちり給料だけもらいながら日本語を勉強するという、何から何まで会社経費でまかなわれる社員教育の趣旨、ならびにこの日本語講座の自分たちの将来にとっての意味も、さっぱり理解するこ

となく学生気分そのままのこの面々、いや、買いかぶりすぎだ、彼らの精神年齢はせいぜい十歳ていど、

「ここは日本語クラスですから教室内でタミル語や英語を話さないでください」

何度言いきかしても目の前の能天気チームはははなから聞く耳もたず、たとえば私がクラスの一人、アーナンダに質問する、

「〈transitive verb〉は日本語で何ですか？」

彼は無邪気に振り返りデーヴァラージになにやらタミル語で相談、おもむろに前をむくや悪びれることなく、

「たどし」

と答え、すると後ろからデーヴァラージが、

「たどーし、ですっ！」

生徒の答え、ことに彼らの母音の長短を訂正するさいの私の口ぶりをまね、

泡がはじけたように馬鹿笑いするのだった。

このようにクラスで生徒たちにいたぶられてすごす一時間半は長いが、

「ではみなさん、休みましょう」

そうつげる自分の声に救われるごとく、十一時、私は蹌踉《そうろう》と教室を後にする。

授業は朝九時半から夕方五時四十五分まで、昼休みをはさみ午前中一回、午後一回、それぞれ十五分の休憩があるからだいたい一時間半でひと区切り。

ホワイトボード前の攻防で喉《のど》がらがら、また足腰の弱い私は一時間半立っているだけでせいいっぱいで、這《は》うように自分のオフィスへもどり、デスクの上を見るがお茶がないので即受付へ、そこにいた女性に「茶、くれ」と言う。頑丈そうな体格の受付嬢がうなずき、内線電話をとりあげる。所定の休憩時間には四階のティーラウンジにお茶が用意され、社員はそこへ順次出かけいっぷくするならわしだ。エグゼクティブは女の子がオフィスにお茶を持ってくる。私もいちおうエグゼクティブ扱いだが各部署の部長さん課長さんよりあきらかに扱いは下で、お姉さんが時間通りにくれないことが多いためほぼ毎度催促を要する。南インドではお茶を「チャーイ」でなく「ティー」と呼び、またコーヒーという選択肢もあるのが北インドと異なるが、いずれも極甘という性質を共有する。

受話器を置き、オーケーのしるしに首をかたむけてみせた受付嬢ごしに、彼女にひじょうに似た形状のものが見え、それは台の上に置かれた大きな招き猫だった。赤い座布団《ざぶとん》の上でびっくり眼の白い猫が右手を上げ、左手でお腹《なか》の前に掲げた金の小判に「千万留費《るぴー》」と書いてある。

ちなみに例の、池袋のうどん屋で知り合った大阪の女の子だが、チェンナイに来た翌週にもメールを寄越し、〈おばちゃん！　ひどいねんで、大阪から招き猫ぜんぶなくなってん、心斎橋筋の昆布屋の前におったたんも急におらんようになって、なんやしらんむっちゃはでな象の置き物あんで〉

急遽《きゅうきょ》インドへ来ることが決まり準備に忙殺されてた私はニュースをチェック

する暇もなかったが、つい最近チェンナイ市と大阪市が友好都市提携を結び、友好のあかしに大阪市にあるすべての招き猫とチェンナイ市にあるガネーシャ像を交換したというのはこちらへ来てから聞いた。相互に親善使節を送りあい一気呵成《いっきかせい》に交換作業完了、この会社が現社屋に移って以来約三年間、玄関を守護していたガネーシャ像は現在大阪中之島にある大阪市役所二階ロビーのテレビモニター横を守護中、かわりに大阪市役所食堂の食券売場にいた招き猫がこの会社玄関に移された。南インドの風習にしたがい猫の首には黄色い花とアマンドピンクの花が半々の太い花輪が掛けられ、顔の横にあげた右手には蓮《はす》の花のブレスレットだ。ガネーシャは財産や知恵をもたらすヒンドゥー教の神で、商売繁盛《はんじょう》の神様として昔からインド中の商店に、あまつさえ偶像崇拝禁止で名高いイスラム教徒の商店にすら祀《まつ》られるほどの人気者だ。またあらゆる障碍《しょうがい》を除く神ということからインド人の車のダッシュボード上の定番だが、いつも運転手が顔が映るほどぴかぴかにボディーを磨きあげているため通りがかった社員がその前で鏡がわりに櫛《くし》をつかっている副社長所有トヨタのレクサス、そのダッシュボード上にもあいらしい招き猫の後ろすがたが赤い座布団のうえに鎮座するのを見ることができる。チェンナイを訪れる日本人顧客の接待担当でもある副社長は、とりわけ大切なお客様の場合みずから空港に送迎におもむき、また彼らを観光や食事に連れて行ったりする都合上運転手つき自家用車を常時会社駐車場にスタンバイさせているのだが、いつだったかその招き猫のことを指摘すると、

「私はずっと前から車にねこさんを置いていました」

とのこと、できる男はどこか違う。ついでながら申し添えれば右手を上げる猫はお金を招き左手を上げる猫は人を招くと言われるが、インドに来た相当数の左手招き猫がいつのまにか右手も、右手招き猫は左手も上げるようになったと聞けば、招き猫自身ももろ手をあげてこの土地とめでたくうちとけたらしいことが窺《うかが》われる。

ところでさきほど精神年齢十歳ていどと申し上げた彼らであるが、授業で年齢を訊く文型「あなたはおいくつですか？」を導入したさいのこと、クラスの生徒に年齢をたずねるとほぼ全員、

「二十一歳です」

と答えたのにはいささか驚いた。大学院修士課程修了のムルガーナンダンのみ二十三歳、優秀な技術者である長兄が別の有名ＩＴ会社の神奈川支社で働くというヴィシュヌにいたっては「はたちです」と涼しい顔で答える。

大卒なら二十二三歳のはず、

「インドの大学は四年じゃありませんか」

訊けばインドではそもそも幼稚園に入る段階でサバを読むのが通常だという答えが返ってきた。まだ三歳なのに四歳と言って親は子どもを幼稚園に入れる。まだ五歳なのに六歳と言って小学校へ入れる。幼稚園に入れるのは早く子どもに英語をしこみたい金持ちだけだが、まさかの四歳で小学校に入学したヴィシ

ュヌがみなを代表して、「せんせい、インドの小学校の入学資格は、これです」言いながら右手をまっすぐ頭上にのばし、そのまま左側に曲げて頭ごしに左耳をつまんでみせた。五歳以下の幼児は腕が短くて頭が大きく、この動作ができないのが理由だという。狐《きつね》につままれたような話だが、「戸籍ってなに？」という国ではそれで片づくらしく、しかしなにより日本人としての素朴な疑問は、

「どうしてインドの親は、子どもを早く学校に入れたいんですか？」

そう言うといったい何を訊くのかという顔で、

「早く学校を出て働けるからです」

一同が口を揃えた。

こういうと涙ぐむ親御さんも多かろうが、インドでは結婚するまで給料は全部両親に渡すものらしい。生徒が言うには自宅通いの場合はもちろん全額、故郷を離れアパート住まいの場合も月に一二度の帰郷のさい住居費以外の給料は全部親に渡し、その中から小遣いを貰《もら》うという者が大多数だ。それどころか自

宅通学の場合は学生時代からすでに、近所の子供を自宅に集め勉強を教えて稼ぐのが当たり前で、そういえば私のアパート近くでしばしば「Tuition 500/per 1 month」といった貼《は》り紙を見かけ、インドでの教育熱の高さをうかがわせるが、例えば小学生三百ルピー、中学生は二教科五百ルピーといった料金設定で、大学へ通うかたわらほぼ毎日自宅で子供の勉強を見て得た月謝は全額親に渡す。むろんそこには「小学校から大学までさんざん学校行かせてモトデかかってんだからさっさと稼げ」という両親の意向あるいはインド的モラルの直接反映があるわけで、そんなインド人のしたたかな合理性に直面するたび私はうならされるほかない。うならされるといえば、やむをえない理由で授業を欠席する場合は朝、私に電話することになってるが、生徒が申告するその理由にも何度かうならされた。

「牛よけそこねてバイクで転倒した」

とか、

「父が気絶した」

とか、

「今日、妹がピアスの穴を開ける」

というのもあった。

そのように何度もうなり、もだえ苦しみつつひたすらクラス経営につとめた私だが、二週間後に十円ハゲが出現した時点で、初回の文法小テストでデーヴァラージの答案をカンニングしていた例の生徒、その後もお話にならない成績のオンパレードだったその生徒を人事部の部長と相談のうえクビにするついでに、デーヴァラージもクラスから追放する決心を一度は固めた。

だが、結局そのことを断念せざるをえなかった理由は、やはり彼の日本語能力だ。理解も早ければ記憶力も驚異的、一度覚えた文型は即座に、というわけにはいかないが他のメンバーに比べればはるかにしっかり使えるセンスがある。こいつを追い出したらクラスが成立しないことは明らかだった。

じっさい「静かに！」と言いつつも私が授業中の雑談を強く注意できないのは、理解力の低い生徒がその都度デーヴァラージに訊《たず》ね、その説示するところで私の説明能力の低さを何とかフォローしているという実情があるからだ。要は私の英語力では何のことかさっぱり分からず、クラスの連中が「何何何いまこのひと何て言ったの」とデーヴァラージに訊き、デーヴァラージが説明してようやく理解するというどうしようもない状態なのだ。

それにしても、他の生徒と違って常に椅子《いす》の背もたれにだらりとよりかかり、ひどいときは両手を頭のうしろで組んで何はばかることなくあくびをし、鼻をほじりながらさも馬鹿にしたような顔つきでこちらをながめているデーヴァラージを見ると、なぜあのときこいつをクビにしなかったのかと悔やまれてならない。

一方、偉い人の顔色をうかがうことにかけても彼の右に出る者はなく、一度副社長のカールティケーヤン氏が社内報に掲載する写真撮影のため、カメラマンを引き連れ教室を訪れたさいのデーヴァラージの態度の豹変《ひょうへん》ぶりはみものだった。「借りてきた猫」という月並みな表現などはるかに追いつけぬ卑屈ぶりを遺憾なく発揮し、両手をきちんと膝《ひざ》に置いて背筋をぴんと張り、口もとからはいつものうすわらいも消し去り終始ほがらかな満面の笑顔で、

「はい、みなさんいっしょに、大きな声で」

という私の要求通りみなと声をあわせ、

「わたしはカードライスがすきです！」

「サンバルをもういっぱいください！」

「もし一億円あったら何がしたいですか！」

例文のリピートに余念がないのだった。ついでながらカードライスというのはタミルの食堂に必ずある、牛乳を発酵させたカードという液体とごはんをまぜた、真っ白で混沌《こんとん》とした粥状《かゆじょう》のもの、サンバルはトマトや豆や玉ねぎ、茄子《なす》などが入った野菜スープ。

カールティケーヤン氏とカメラマンが立ちさったあと、私が何の前置きもなしにホワイトボードに「べつじん」と書き、another personという意味です、例えば「彼はさっきべつじんのようでした」のように使いますと説明したら、ぴんときたらしくデーヴァラージが秀麗な口の端をつりあげて笑い、だがその角度がいつもと多少ちがうのを私は認めた。

いずれにせよ、この変幻自在さこそが彼以外の知りえない過酷な人生の刻印だとすれば、私としてはことさら追及する気はないが、そういった態度が実際偉い人に気に入られるほど世の中甘くはない。

「おい！　こらっ、何やってんだお前！　真面目《まじめ》にやれ！」

そのとき、縁日のようにごった返す橋の雑踏から警官とよく似たカーキ色の、薄いぴっちりした開襟《かいきん》タイプの制服の男が現れ、デーヴァラージにむかってきびしい調子で叱《しか》りつけた。

油を売っているのが交通警察の監督者に見つかったのだ、あわててデーヴァラージが熊手をふりあげ、歩道わきの百年泥めがけてふりおろす。熊手は何の抵抗もなくずぶずぶ泥の畝《うね》にめりこみ、何か手ごたえを感じたらしい彼がぐいっ、力まかせに引いたらごろりと転がった。

ひと目見た瞬間直感がひらめき、にっちもさっちもいかない雑踏から懸命に半身を抜きだした私が、それを拾いあげざっと泥をかき取ったらウイスキーのボトルだ。サントリー山崎12年。ラベルに黒マジックで何か書いてある、顔を近づけて見れば泥の筋の合い間に〈トーサンのたたり〉云々《うんぬん》と油性ペンで書きつけられた川柳《せんりゅう》の一部らしい文字と、元夫の名前がかろうじて読めた。元夫は行きつけのスナックにつねに酒はキープしてたが、おおむねダルマボトルばかりだった。なぜか奮発して入れたものらしいが、振ってみるまでもなく空である。よりによって、また難儀なものを掘り出してくれたものだ。

概して、授業にせよ行列にせよ約束にせよ、長くのびるものを私はこのまない。

植物もくねくねした蔓草《つるくさ》のたぐいは好みでなく、ハコベなど地にはりついたような草や樹花が好きだ。それについては以下のいきさつがあるにはある。

私の父は実父ではない。私が五歳のころ夫を亡くした母は、ほどなく父と出会って同居、再婚禁止期間がすぎるとすぐ入籍した。父も再婚だったが子供はなかった。銀行の下請け会社の事務員だった父は母と再婚したとたん失業し、可及的速やかに職を得る必要のあった彼が得ることができたのは、金融会社の債権回収部門担当者の職だった。その会社は回収を「出向」と呼んだが、要は「取り立て」である。父はときおり出向に私を連れて行った。一度、母がひどい風邪にかかったさいやむなく私を同伴したところ、小さい子供を連れていると回収率が上がることがわかったからだ。私としては母といるほうを選びたいが、父が嫌いではなかったし、子どもには子どもなりの使命感がある。

なにぶん昔のことでほとんど記憶に残ってはいないが、唯一《ゆいいつ》、ある出向の午後のことをよく覚えている。人はあまりお金を借りすぎると、脳内がレンゲの蜜《みつ》に似た香りの物質でみたされると背表紙の青い本で読んだことがある。いまから思うと、お金を借りすぎた人と取り立てる人、その同伴者が渾然《こんぜん》一体となり、ひとつの午後を夢見たのかもしれない。

なぜよく覚えているかというと、前日父に誕生日祝いとしてプレゼントされたばかりの腕時計をそのとき初めてつけて出かけたからだ。ピンクの文字盤に大好きなキキララがダンスするイラスト、長短の針は魔法の杖《つえ》、郊外ゆきの電車にゆられながら、

「いまなんじ?」

必要もないのに何度も父が私に訊き、そのたび私は左手首の文字盤にうれしく目をこらして、

「三じ……二十五ふんです!」

いつもはほとんど話さない私が、興奮して答えていたのを覚えている。出向先は駅から遠く、父とふたりで黙々と歩いた。歩くにつれここは東京郊外かと

目を疑うような鬱蒼《うっそう》たる森に入り込んでゆき、つぎつぎ現れる色とりどりのきのこやシダ、いちめんの苔《こけ》をさんざん踏んで乗り越えやっとの思いでいりくんだ木立ちをぬけたとたん、いちめんの花畑がひらけた。

花畑の真ん中に一本、ほそい道が通っていて、はるかむこうにぽつんと家らしきものが見える。かたむいた屋根の瓦《かわら》がにぶく赤ぐろく午後の陽を吸い込むようなそれが、債務者の自宅らしかった。

花の海に身を沈めるようにその道へ父とふたり足をふみいれた。私の目の前で花は一瞬もたちどまっておらず、すべての花の芯《しん》が小渦をまいてさらに花を孕《はら》み、矢継ぎ早に花がひらく。それほどおびただしい花に見つめられたことがなかったので、しだいに私はぼんやりしたが、ある地点で父がふいに向きを変え右手の花畑の中へとずかずか入りこんでいった。

むせかえるような花の渦の中からあやまたず、

「北村さん、昨日お電話しましたエーコー信販です」

片耳つかんで引き上げたのは五十年配の男、だしぬけに花の眠りから引きだされたその男はあるかなきかの声で、

「お金は明日入ります。明日あらためて残高確認してきます」

とつぶやくのだが、その間も反対側の耳にイヤホンをつっこんだまま、

「……東京株式市場で日経平均株価は三日ぶりに大幅反発……前日比……上げ幅今年最大……」

依然として株式市況に心身をうばわれてるらしい。茫洋とした眼で、

「明日、親会社が振り出した納入代金の手形が割れます、間違いありません、明日の、午前中……」

ささやくように言った。北村というその債務者は以前都内でデザイナーズブティックと住宅の内装業者を兼業、前回の出向においては自宅の壁紙と同じ柄の服を着て壁の前で微動だにしないという風変わりな居留守を使ったばかりで、その個性的な擬態術にはすでに父も慣れていた。

両手で服をぱんぱんと叩《たた》いて花を払いながら、父が、

「北村さん、もっといい方法があります」

その提案は相手がまだうっとりしてるのをさいわいそのまま別のサラ金へ連行し、首尾よく融資がなれば金利分だけでもこちらに返済させようという常套《じょうとう》手段であり、その場で話がまとまったためさっそく三人でもと来た道を引き返す。

ふたたびあの森を通りかかり、北村氏と父が横並び、そのうしろに私、という順で薄暗い中をまた苔《こけ》を踏んで歩いた。陰鬱な道中、私はふと手首に軽い刺激を感じた。とっさに左手を見たが何ごともない。しかしかすかな違和感はつづき、しばらくして左手首を持ち上げもういちど見た、すると手首とほぼ同じ太さの真紅のソーセージがぶらん、目の前にぶらさがった。すぐさま声のかぎり絶叫したから驚いて私を振り返った父が、

「ああ、蛭《ひる》だ、蛭に嚙《か》まれちゃったか」

すぐ私の左手を握り、根もとからぶっちぎってぽいっとかたわらに捨てた。キキラ時計のバンドの下にもぐりこんで吸いつかれたから発見が遅れ、思うさま蛭に血をしゃぶられたのだ。私はショックのあまりしばらく動悸《どうき》がおさまらず家に帰るまでずっとべそをかいていた。もちろん三日つづけて夢にみた。以来今に到《いた》るまで、長くのびるもの全般に好感がもてず、「蛭子《えびす》能収《よしかず》」という字を目にするだけで気が遠くなる。

ともあれ、以上のように借金取り立てといった業務にまったく偏見をもたない私が元夫と知り合ったのは、事務員募集に応じ彼の会社にアルバイトに入ったのがそもそものきっかけだ。

結婚して半年もたたない頃と記憶するが、ちょうど雨上がりの美しい午前中、駅前の西友と隣のパチンコ屋との間にしっとりとてても具合のいい土があるのを通りがかりに目にし、しんぼうたまらずそこに入りこみ足あとをつけて遊んでいると、ふと、西友二階のドトールの窓ごしに手をふる人がいるのに気づく。

額の前で手かざしして見れば、どうやら知り合いのようだ。私が入っていくとその人はもうレジカウンターの前にいて「この人もコーヒー」すぐコーヒーを買ってくれたので、紅茶の方がいいと言いだしそびれた。

夫の会社の人材派遣部門の利用者で、何度も仕事を紹介した六十代の女性だったが、

「ねえ試食販売は紹介しないどくれよ、スーパーでさ、必ずいるんだよ子供放し飼いにしてる若い母親、ガキがまあバカみたいにウインナー食うわ食うわ、あんまり何度も来るから母親に『ごはん、ちゃんと食べさしてやんなよ』って言ったら店のマネージャーに苦情言いやがって。あたしゃ性に合わないね」

その後紹介された掃除は性に合ったらしく、現在は二三駅離れた私鉄沿線のラブホの清掃に週三四回入っているはずだ。今日も夜勤明けという。典型的なチェーンスモーカーでテーブルの上の灰皿がすでに山盛りだったが、さらにつづけざまにタバコをふかしながら、ラブホは給料が安すぎるからべつの仕事探

してんの、それはそうと最近野菜が高くてさ、あんた白菜が三百円ってどういう了見なのよ云々とまくしたてたあと、急に声をひそめ、

「あんた、ダンナに用心しなよ」

早朝、勤務先のラブホから帰って行く夫を見かけたという。暖房が暑いのか彼女は首に巻いたスカーフをゆるめながらまた新しいタバコに火をつけ、

「せっかく若くてきれいな奥さんもらってんのに、男はこれだから」

ふうっ、と天井むけて煙を吐きだしたとたん喉ぼとけが動き、鼻の下にうっすら髭《ひげ》が見えた。

事の発端がこれとすると、さらにディテールを添えたのは、夫の行きつけのスナックママの話だった。試食販売ぎらいのおばさん風おじさんの忠告の真偽を確かめるべくさっそくその店を一人で訪れたのだが、それというのも夫に連れられ何度か飲みに行ったさいのママの話しぶりというのが、

「田中さんとこ今もめてるらしいよ、旦那《だんな》さんの財布からラブホのメンバーズ

カードが出てきて、そのラブホに電話したら親切に利用履歴あらいざらい教えてくれたって。弁護士頼むってよ」

「鈴木さんさあ、ビジネスホテルでデリヘル嬢呼んだら来たのが義理のお母さんだったって」

「高橋さんって知ってる? 奥さんがお風呂《ふろ》に入ってるとき奥さんの携帯鳴って、出たら男の声でいきなり『明日どこ行く?』っていうから思わず『確定申告』って答えたって。時節柄ねえ」

店に来るあらゆる知り合いの秘密を何かと暴露する傾向があったからで、その並はずれた口さがなさに期待してのことである。

そういうわけで、この幅ひろい顔のママから証言を引き出すのはさして難しくなく、水を向ければさっそく、カウンターの向こうで他の客に出す水割りを作りながら、

「一週間ほど前かな、ここに来たんだけどね、おたくの旦那さんさ……」

来店した夫がめずらしく泥酔《でいすい》してママに口走った話をくわしく披露におよんだ。どうも昔つきあってた女、現在は既婚者のその女が突然会いたいと連絡してきたらしいのだが、その際の女のいいぐさがおもしろく、何でも「子宮筋腫《きんしゅ》手術を受けることになったから、子宮摘出前に会いたい」由であった。けだし、この世でいちばん長くのびるものは子宮であり、地の果て時間の終わりまでたるのが子宮だ。子宮はどこまでも長くのびてつきまとい吸いつき、とことん人をがんじがらめにする。

さしあたりその時点で私がとった行動は、そのころしきりに、あるいは断続的に私に誘いかけてきてた男をこれさいわいと活用することだった。「夫の浮気」が原因で別れるなどごめんだったからだ。男は競馬とカラオケが人生最高の愉楽という都内私立高校の社会科教師、サラ金の信用情報機関JICCに情報が登録されるのを嫌い闇金《やみきん》を利用するといういっぷう変わった考えの持ち主だった。競馬新聞のピンク広告の隣に毎週打ってた広告を見て夫の会社の応接室にあらわれた。それから何度かあらわれたが、そのたび夫の目を盗みしきりに私を誘うのだった。スナックママの暴露により夫の一件が発覚した直後、初めて誘いに応じ一緒にスナックへ行ったら〈別れても好きな人〉のデュエットを強要され、その次に会ったときには〈忘れていいの〉のCDを私に渡し「今度までに覚えといて」教師だけに指示にそつがない。〈忘れていいの〉を覚える気はなかったが、その次は例のママのスナックにその男と二人ででむき、夫が奮発して入れたらしい山崎12年を空にした。

高校教師は、

「国語の先生が産休入ったとおもったら、いきなり俳句サークルの顧問おっつけられちゃってさ」

ボトルを逆さに振って残りのウイスキーをグラスに注ぎ、マドラーでかき混ぜながら私は、

「顧問も俳句作るの？」

「べつに作る必要ないけど、ときどき作んないと収まらないときもあってさあ。才能ないんだ、これが」

ママに黒マジックを借り、空の〈山崎〉のラベルに「トーサンのたたりおそろしトサンかな」と癖のある字で書きなぐったのはよほど酔っぱらってたのだろう。どこで聞いたのか、最近、夫が回収を請け負ってる客の一人が会社倒産のすえ自殺したことをあてこすってるのだ。「トサン」は「十日に三割」という闇金の法外な利息のこと、ついでながら「トーサン」をカタカナで書いたのは「倒産」と「父さん」の掛けことばと思われるが、本当に才能がない。だいたい俳句ではない。

それはさておき、二人で山崎を空にしている時からずっと、ママがもう口がうずうずしてみもだえしているのを私は目の端で確認していたが、あんのじょうこの飲み会からとんとん拍子に話はすすみ、一か月後私は離婚した。高校教師とも、その時点ですでに彼に会うため相当の酩酊《めいてい》が必要になっていたし、

〈北空港〉や〈浪花恋しぐれ〉など次々に出される難曲ぞろいの課題が厳しすぎたこともあり間もなく別れた。だがどういうわけか離婚以降も私は、よくよく困れば元夫のところへ出むき、再三用立ててもらったことは前に述べた。

話は前後するが、試食販売ぎらいのおばさん風おじさんの証言をもとに私が単身スナックを訪れ、ママから夫の焼けぼっくいの件を聞きこんだのがこの話のそもそもの始まりだったが、じつはここにまだおまけがある。

つまりママによれば、一人で来店した夫が泥酔してくだを巻き、昔の女とのエピソードを披露したさい、たまたま私のことにも話がおよんだのだという。

「でもさあ、きれいな奥さんじゃない、ほっそりしててさあ」

などと水をむけたところ、夫は長嘆息し、

「きれいったって」

グラスに残っていた酒をぐっと飲みほし、こう言ったそうだ。

「……あいつはなあ……べつだんおれのことが好きで一緒になったわけでもな

いんだよなあ、きっと……まあ愛想はなし、ちょっと女としてかわいげがね」

人間関係は淡白なるべしという点に価値観の一致点を見いだしていたつもりの私にとって、夫のその評価は心外だったが、せめて容貌《ようぼう》を否定されなかった点だけでもよしとしたい。私の愛情の一片たりと彼に確認できるだけの隙《すき》を与えなかった点に関し、おおざっぱに言ってまあ気の毒なことをしたと思っているが、それはともかくも「愛想がない」はたいていいつでもどこでも、世間で私が獲得する定評だ。こちらが訊《き》きもしないのにそんな情報まで提供するママの執拗《しつよう》きわまりない親切心は、おそらくその世間の定評への支持表明と考えてさしつかえない。それとも夫に惚《ほ》れてたのかもしれない。

私がたびたび世間で遭遇した不可解の中でもとりわけ厄介だったのは、いっしょにいる相手に一定時間に一度、何か言わないと激怒される現象だった。仕事相手でも恋人でも、とにかく誰かと二人でいる場面で突然相手に、

「ねえ、おまえさ、なんで黙ってんの？　なんか、気に入らないことでもあん

の」

と言われることがすくなくなく、たしかに私は返事を忘れるばかりか、あまつさえ話しかけられたのにすら気づかないことがしばしばあることはみとめよう。さらに言うとそもそも〈返事〉というものの必要性に私がまったく思いいたらないことがこの川の源流なのかもしれなかったが、わけても同世代の男とのつきあいはたいてい満月から次の満月までしかもたないのが通例となる。それは私が人生のごく初期、返事をする必要がまったくない相手と長い時間をすごした結果だが、それがさしたる悪徳とはどうしても思えないのが正直なところだ。じじつ、悪徳の定義は一筋縄ではいかない。たとえば離婚の少し後、風の噂《うわさ》で元夫の投資部門の顧客の一人が逮捕されたというニュースを聞いたが、容疑というのは、僧侶《そうりょ》であるその男が本堂にある観音菩薩《かんのんぼさつ》の中に愛人の遺体をぬりこめ五年間手あつく供養《くよう》したというものだった。

「立ち止まるな！　歩け！」

藪《やぶ》から棒に怒号がひびき、身長より長い竹の警棒を振り回して警官が橋の上の群衆を追い散らし始めたのは、極度の通行障害のためだろう。なにしろタミル・ナードゥの全テレビ局が総力を挙げて早朝からひっきりなしにアダイヤール川の模様をニュース映像で中継しつづけているのだ。いったい何をどうやったものかこの混沌のどまんなかに脚立《きゃたつ》を立て、小さな櫓《やぐら》を設営した上でカメラマンがテレビカメラを肩に載せ、川と川に蝟集《いしゅう》する野次馬を上方から延々と撮影している。ぴょんぴょん飛びはね、テレビカメラにむかいインド式ピースサインを送る子どももいる。そのテレビ中継を見てなにかがうずいた誰彼がやみくもに家をとびだして橋めざして走り、欄干に両手をかけ川をのぞきこんだところへ、「何してんだそこ！　おい行け！　止まるな！」警官の罵声《ばせい》がとぶ。

インドの警官には逆らわないほうがいい。日本語クラスのガネーシャに、先日前歯の欠けている理由を訊いたところ、学生時代に誤って女性専用車両に乗り込んだら委細かまわず警護の女性警察官に張り倒され、床で強打したなどりだと答えた。

デーヴァラージはべつとして、教室で目の前に並ぶのどかな顔を見ているとそんな激しい環境で育ったとはとても信じられず、ふだん教室にとびかう雑談もじつにたわいもない話ばかりだ。

インドに来た直後、人事部にもらった受講者名簿を見たらヴィシュヌとかシヴァとかガネーシャとか、ほとんどが神様関係の御名前ぞろいだったため心なしか勿体《もったい》ない気がしてたのだが、ようするにこれらは太郎とか一郎とかと同じでヒンドゥー教徒のごく一般的な命名にすぎず、日々の授業の中で畏敬《いけい》の念はすみやかに雲散霧消した。ありていにいって毎日私がおこなう授業の相当部分は、生徒たちが口ぐちにわめきたてるタミル語英語日本語ちゃんぽんの雑談に明け渡され、日本語に慣れるために教室でのフリートークが欠かせないからだといえば聞こえはいいが、先述のごとくそれはクラスに対する私のコントロール能力ならびにクラスの私に対する敬意が皆無である結果にすぎない。

たとえばある日、前日既習の語彙・文型を暗誦《あんしょう》する朝テストが終わるが早いか、私の真ん前に座っているアーナンダが快活そのものの口調で、

「せんせー、ユーチューブに『レッツスピークにほんご！』、い、い、い、しりますか」

私が、「〈しりますか〉はダメです、状態の〈て形＋います〉をつかいますから、ユーチューブの『レッツスピークにほんご！』を……」云々と言いかけた文法的説明など聞く耳もたず、シヴァがえらい剣幕で、

「わたししりますしります！『レッツスピークにほんご！』、このみちゃんのかわいいんですから！」

何といっても彼らは全タミル・ナードゥで知らぬ者のない名門ヒンドゥー・テクノロジーズのコンピュータープログラマーである。ちなみにカールティケーヤン副社長の話では、IT企業の信頼度を評価するものとしてCMMIという国際基準が存在し、全5レベルで最高位がレベル5という。世界で初めてレ

ベル5を達成したのもインド企業なら、現在までにこのレベル5を達成しえた会社も大半はバンガロールのインド企業だといい「当社もぜひレベル5をゲットしたいです」鼻息もあらく副社長は語り、日本人教師を雇い社員のレベルアップに努めることもその一環らしいが、ともあれヒンドゥー・テクノロジーズは現在そのCMMIレベル4の優良企業、十数倍もの難関を突破し入社したエリートぞろいである彼らが、ネット上を縦横無尽に駆けめぐりさまざまな愚にもつかぬものを発掘してくるのはおどろくばかりである。わけてもいろんな日本語学校が宣伝のため、日本語学習者、とりわけ日本へ来る下心のある外国人むけに日本語講座を公開するらしく、往々にしてその番組のナビゲーター役が可愛《かわ》い女の子である理由は、まさに彼らの両目の輝きが物語る。いったいその手の番組はいくつあるものか、このみちゃんの名前が挙がったとたん教室が沸《ふっ》騰《とう》、

「いいえ！　いいえ！　『はなそうにほんご』にあやのちゃんかわいいです！」

とガネーシャがさけび、

「ダメです！　ちがいます、『にほんごだいすき』にアイリンちゃんかわいいからです！」

ムルガーナンダンがさらに大きい声でさけび、混戦模様を呈しかけたところへデーヴァラージがひと言、「シッ！」という警告音を発すると同時に人差し指を立てるしぐさで一同の気をひきつけておき、おもむろに、

「『いっしょににほんご』のゆりかちゃんが、この中で、いちばんかわいいです」

さすがの帝王、その場をきれいにまとめてみせ、これで拍手喝采《かっさい》一件落着と思いきやこと女の子の事になると話はべつらしく、シヴァが即座に蒸しかえした、

「いいえ、ちがいます、このみちゃんがいちばんかわいいんです！」

けっきょく話は最初に巻きもどされたが、助詞は直ったし最上級の文型も言

えている、「わたしはこのみちゃんをあいたいです！　わたしはらいねん日本がいきます！」小鼻をふくらませさらにくどくど御託を並べたてるシヴァを無視して私は、「はい、みなさんおぼえましたか、someoneをさそいます、inviteのぶんけいです、ならいましたね、なんですか？」

「〈いっしょに、どうしのます形、ます省略《オミット》、ませんか？〉です」

瞬速でデーヴァラージが隙のない答え、私は、

「そうです、じゃシヴァさん、このぶんけいをつかってください、このみちゃんをinviteしてください」

あらためてシヴァにふれれば、不意にはにかんだ笑顔で「このみさん、こんどいっしょにホテルへいきませんか」

なるほどそう来るか、インドで「ホテルへいく」は「食事にいく」の意味であるが万一彼らが日本人女性を誘う好機を得たとして、右の発言のもつ破壊力はじゅうぶん想像できたものの説明が面倒なので聞かなかったことにした私に

むかい、ヴィシュヌがにこやかに、

「せんせい！　あにはせんげつ、かわさきにマクドナルドいきました、いまははたらきます」

しごくむぞうさに話題転換、現在ヒンドゥー・テクノロジーズよりさらに高い国際的評価を得るらしい、ＣＭＭＩレベル５の超有名ＩＴ企業バンガロール・ブリリアント・テクノロジーズの優秀な社員という彼の長兄が、三年前から神奈川で働いている話はそれまでに幾度か聞いていた。なんでも工学部を首席で卒業したゴールドメダリストらしく、お台場のガンダム前で子どものバギーを押す奥さんと三人で笑っている写真も前日見せてもらったばかりだ。その自慢の兄が先月川崎駅前のマクドナルドで働き始めたと、一家の出世頭である長兄の後に続くべくなにやら昨今授業にたいする目の輝きが違ってきたヴィシュヌが、精いっぱい日本語だけで説明をはじめたがまったく辻褄《つじつま》があわず、

「マクド？　お兄さんが、川崎のマクドで働いています？　なぜですか？」

私が訊き返したところ、「マクド？」周囲がぽかんとした顔になったため、「日本でマクドナルドは〈マクド〉といいます、はいみなさん大きい声で、〈マクド〉」

勢いとはいえいささか公正さを欠いた単語導入、もれ聞くところインド企業において日本への転勤・出向者は給与ならびに手当の点で非常に優遇される由《よし》、その兄がなんでまた「いっしょにポテトもいかがですか？」なのかと辛抱づよく私が訊き返すうち突如ヴィシュヌが顔色を変え、

「あっ！〈あに〉ありません、〈あね〉！〈あね〉です、あにのおくさんですせんせい」

〈兄〉と〈義姉《あね》〉の言い間違え判明、さしあたり私は今週金曜日に家族ならびに親族関係の語彙《ごい》抜き打ちテスト実施の決意を固め、それはそうとヒンドゥー教徒が牛肉販売業に従事することはＯＫなのか、そんな疑問が頭にうずまいたのは措《お》くとしてともかくも彼らの雑談は、シヴァとかヴィシュヌとか名前だけ

偉そうなわりに、以上のごとく互いに脈絡もなければ相槌《あいづち》をうつにも困るような凡庸かつ幼稚きわまる話ばかり、と舐《な》めてかかってると突如開いた口がふさがらないような話がこともなげに出てくるのであなどれない。

例えば教科書のある会話。それはドイツ婦人が日本の茶道を初体験する内容だったが「正座」という初出単語があり、英語の参考書の説明では「伝統的な座り方」としかないため、致し方なく私が椅子の上に正座して見せ「これが日本の正座です」と説明したところ、それを見た生徒の反応が、

「それは体罰《パニッシュメント》ですか」

というものだったのであわてて、違います、そうじゃありません、正式な場での日本人の通常の座り方ですと釈明、そこから話が発展し、インドの学校における教師の体罰の話になった。

日本に行きさえすればこのみちゃんが成田空港にむかえにきてくれると信じこんでるシヴァの話した、教師の命令で自分の椅子の上に立ち、授業がおわる

までずっとみんなに笑われながら両手を挙げっぱなしにさせられたというのは心理的虐待《ぎゃくたい》と半々だが、義理の姉上が川崎駅でマクドの赤い制服でがんばるらしいヴィシュヌが話した〈膝立ち〉とよばれる体罰にいたっては、後ろ手で両足首をつかんだ状態で校舎の周りを両膝のみで、しかも熱い砂の上を何周もさせられるという正気の沙汰《さた》とはおもえない内容、だがそんなのは序の口らしい。彼らが言うには、教師の体罰はとりわけ中学で過酷だったが、有名な自殺事件のあと学校での体罰がつい最近全面禁止になったそうだ。

それにしてもこの体罰ネタを提供した二人、私にむかって話をしているとき必死に吹きだすのを我慢している表情で、話し終えたとたん周りの連中も巻きこみ、それぞれが当時を思いだすのか互いに背中といわず肩といわず、日本だったらあきらかに我慢の限界を超えた勢いでばんばん叩きあってゲラゲラ笑っている。天真爛漫《てんしんらんまん》なその笑顔を見ながら、この人たちにちょっと厳しく言うとか脅すとかして何か言って聞かせるという試みがまったく無駄だということを私はさとった。

しかしながら、そんな問答無用の国に生まれ育った彼らが、良くも悪くも「素直な」人たちなんだと思わされることは多々ある。

願望の文型〈～たいです〉の解説をしているときだが、ふと思いついた。私は訊ねた、

「みなさんは、来世何に生まれ変わりたいですか？」

むろん、本来初級語彙ではありえない「来世《ネクストワールド》」ならびに「生まれ変わります《リボーン》」を導入する必要はあったが、ほぼ全員が同様の返答をしたのには驚きを禁じ得なかった。

いわく、

「母の息子に生まれ変わりたいです」

「父の息子に生まれ変わりたいです」

あるいは、

「弟の兄に生まれ変わりたいです」

なんのためらいもなく、誰もが異口同音にそう答えたのだ。

一人、やや凝った答え方をしたのがいて、十分以上を要し英語まじりの日本語でやっと聞き出したところでは、

「父のお父さんになりたいです」

この世で親が自分にしてくれたまったく同じことを来世で親に返したいのだそうだ。

私はホワイトボードに「おんがえし」と書き、

「〈おん〉はbenefitです。〈おんがえし〉は、人からもらった親切をその人にリターンします」

と大味な説明をくわえる。ようするにインド人は家族大好き、じぶん大好き、いま大好き、これなのだ。来世も来来世もずっとずっとこのまま、いまの自分といまの家族のまま、とにもかくにもこのままでいるのが彼らの最大の望みだ

ということが彼らの発言からひしひしと感じ取れた。

世の中にはじつにさまざまな偏見が存在するが、〈インド人は現世を超えた超越的思考をする宗教的な人々である〉というのもその根強いもののひとつであろう。例えば「来世をしんじますか？」と訊けば私のクラスのほぼ全員躊《ちゅう》躇《ちょ》なく挙手する。だがそこに罠《わな》がある。私だったら「宗教」といえば漠然と、現実を超えた超越的なもの、といったイメージでとらえるがインド人にとってそれは、例えば〈輪廻《りんね》〉や〈来世〉といった「宗教的観念」をふくめまさに現世そのもの、というのが右のエピソードからも明らかだからだ。

ともあれ、彼らのこのとめどもない家族愛ならびに現状愛は私をあぜんとさせたが、そのとき、めずらしく「わかりません」と一人だけ答えを後回しにしたデーヴァラージが、このやりとりのあいだじゅう一度も発言せず、一度も顔をあげないことに気づいた。

近づくと彼は長い髪を額の真ん中で分けた、寂しげな顔だちの女の顔を鉛筆

でノート一面に描いているさいちゅうで、

「今すぐ教室から出て行きなさい、あなたは今日欠席《アブセント》です」

厳しい調子で私が命令すると、

「すみません」

めずらしくしおらしく謝ったためつい私は黙ってしまい、だがせめてもう少し文句を言わねばと再度口を開きかけたとき、

「父はうちにいませんでした。母はこども、うまれます」

デーヴァラージが唐突に言いだし、彼が謎《なぞ》めいたことを言いだすのは毎度のことだが、

「どういう意味ですか」

訊いた私に「give birth はにほんごでなんですか」と訊ね返し、

「〈うみます〉です」

私が答えるとデーヴァラージは、

「父はうちにいませんでした。母はこどもをうみました」

と言う。つづけて、こともなげに添えた説明が、

「父はいちねん、くににいませんでした。私といっしょにりょうこしました」

りょこうです、タミル語話者は母音の長短に頓着《とんちゃく》しないためこの種の発音間違いが異様に多い。口で訂正しながら私の手はほとんど自動的にうごいてホワイトボードに、

「父は一年国にいませんでしたが、母は子どもをうみました」

と書く。それは少し前に〈昨日は雨でしたが、今日は晴れです〉という逆接の構文を教えたばかりだったため、せめてその復習に資するようにという教師魂からである。

話を締めくくるかのようにデーヴァラージが、

「そのこどもはほかのうちに adopt しました」

私はだまってホワイトボードに〈ようし〉（養子）と書き、「おぼえなくても

いいです」と言う。

私の手にはいつものように七八枚のA4判コピー紙をホッチキスで留めた紙の束がある。借金のカタに放りこまれた、カレーの香りただようこのマグロ船で日ごとくりかえされるのは授業と翌日の教案づくり、授業と翌日の教案づくり、授業と翌日の教案づくり以下同文、参考書と首っ引きで殴り書きした手書き教案をぱらぱらめくりチラ見しては、その場その場の授業をやりくり算段するのがせいいっぱいのまがいもの教師の私が、もし運命に関し何かいいうるとすればただひとつ、後の祭り、それ以外に何があるというのだ。わざわざデーヴァラージがみずからの宿命的トピックを持ち出す理由、ならびに幼い彼が長期間父と故郷を留守にした理由など聞きたくもない、私はそそくさと時計を見るしぐさとともに、

「はいみなさん、英語の教科書を開いてください、ボキャブラリーを読んでください」

クラスに指示した。

新しい課に入るさい、私はまず生徒に英語版参考書を開かせ、その課で新しく学ぶ語彙を確認して説明し、暗記させることにしている。新出語彙のひとつに「すもう」があった。「すもう」は日本のレスリングです、ポピュラーな伝統的スポーツですと説明、教科書のイラストを見せるなどしてるとまたもやデーヴァラージが、

「せんせい、〈すもうします〉、これはいいですか」

と訊いてきて、

「いいですが、〈すもうをとります〉、この方がもっといいです」

こういう答え方をすると負けず嫌いのデーヴァラージははたして、

「おとうさんはまいにちすもうをとりました」

と言い、インド人力士というのは寡聞《かぶん》にして知らないが、さしあたって私は、

「自分の家族は〈おとうさん〉じゃありません、〈ちち〉です」

注意を与えたうえで、

「毎日すもうをとりました、どういう意味ですか？　お父さんは誰ととりましたか、どこでとりましたか」

するとすかさずデーヴァラージは、

「私のちちは村《ビレッジ》でくまとすもうをとりました」

「くま？……村《ビレッジ》？」

「くま」はそれまでに犬や猫や牛、ヤギひつじトラ象など他の主な動物の名前とともに導入してあったのだが、すでにそのときデーヴァラージは周囲の生徒たちとタミル語でなにやら声高に話しはじめ、教室内は収拾がつかない混迷状態に突入している。それから十分以上もかかって他の生徒の翻訳のたすけも借りつつ彼が英語まじりの日本語で説明したところでは、彼の父親は、地方の村々を巡回して熊《くま》と相撲を取って見せる芸人だった。特別に調教されたレスリングベアと相撲を取る見世物で、見物料を取り生活していたのだ。彼は投げ銭を拾い集める係だった。さっきの「いっしょに一年旅行」とはその意味だったらしい。

その瞬間、私の脳裏に幼いデーヴァラージが大きな椀《わん》を持ち土俵のまわりにちらばったお金を拾ったり、ござに座った人々の間を回り愛らしい顔をかしげてはひとりひとりお金をねだったりするありさまが、幼い彼のちいさな口の端にうかんだうすわらいがありありと浮かぶ一方で、私の右手のマーカーはホワイトボード上をすべり、

「私の父はくまとすもうをとっていました」

と書いていて、

「みなさん、〈て形＋います〉、もう何度もべんきょうしました、たくさん用法がありますね。この場合の用法は？　はい、アーナンダさん」

アーナンダを指すと、

「profession の〈て形＋います〉です」

私はうなずき、「そうです。デーヴァラージさんのお父さんは職業《プロフェッション》でデイリーにすもうをとりました、それは今じゃありません、過去の事実《ファクト》ですから、〈て形＋います〉の過去形を使いますね」と解説ののち、「わたしのちちはくまとすもうをとっていました」を全員に三回リピートさせた。ずっと以前に導入済みの文型だが、はからずも転がり出したこの例文が、きわめて登場頻度の高い当該文型の練習にうってつけの素材だったからだ。

それにしても、である。

それから少し後のことだが、〈～してあげます〉〈～してもらいます〉〈～してくれます〉という、利益の提供と獲得に関する補助動詞の三文型導入のさい、ひととおり文型の導入を終えたところで、

「せんせい、bowl はにほんごでなんですか」

やにわにデーヴァラージが訊いてきて「おわんです」と答えると、ふたたび

父とのドサ回りエピソードを持ち出し、

「ちちはまいにちくまとすもうをとりました。おきゃくさんはわたしのおわんにおかねをいれました」

それを聞いた私はすかさず、

「お客さんは私のおわんにお金をいれてくれました」

と言い直し、

「お客さんはお金をいれます、このアクションは私に利益《プロフィット》をくれますから、この場合は〈いれます〉より、〈いれてくれます〉のほうが自然《ナチュラル》です」

と説明するとふいにデーヴァラージが、

「せんせい、〈その人はほとけさまにぐよあげてくれました〉、このぶんはいいですか？」

「ぐよ？」

私が訊きかえすと、いつになく途方にくれた顔で黙りこむ。

〈ほとけさま〉に関しては、

「みなさん、日本の宗教はなんですか」

「ブディズムです」

「ブディズムはにほんごで〈ぶっきょう〉です。はいみなさん大きい声で、〈ぶっきょう〉」

「ぶっきょう」

「ぶっきょうの創始者《ファウンダー》はどこの国の人ですか」

「ちゅうごくです」

とすずしい顔で答えるので、日本文化に関する基礎知識を与えるべく簡単に仏教の説明をし関連語彙をひととおり紹介したさい、「仏陀《ぶっだ》」の意味の「ほとけさま」は導入ずみだ。

いずれにせよデーヴァアラージの奇言はいつものこと、日本語の〈ほとけさま〉の意味の多様性ならびに「あげてくれます」がなぜ正しくないかの説明も棚上げのまま私は話を打ち切りホワイトボードに向き直った瞬間、いま彼は〈供養〉と言おうとしたのかな、ふと思う。だがまさか、教えてもいないそんな難しい日本語を知ってるはずもないとただちに打ち消し、ホワイトボードに「お客さんは私のおわんにお金をいれてくれました」さっき自分が言った例文を書いて全員のリピートを要求した。

生徒が一人一人その文をリピートし、最後にデーヴァラージが淡々とそれを復唱する顔を見たとき、それにしても、私は思った。

こいつはもしかして新文型の導入時あるいは復習の好機をねらい、最適の話題を提供することで私が最適の例文を思いつくよう仕向けてるんじゃないか、まさに今さらながらの疑念が胸にきざしたのだった。さっきデーヴァラージが「おきゃくさんはわたしのおわんにおかねをいれました」という文を口にしたときやっと、彼の持ち出す話題になにか、ことさらに私の訂正をうながす意図的な感じがあることに気づいたのだ。だとしたらデーヴァラージは不得要領な私の授業の趣旨を随時他の連中に説明するというすでに承知おきの役割のみならず、授業中のさまざまな場面でクラスにより強く当該文法事項を印象づけるべく私を誘導、要は往々にして、デーヴァラージのおかげで実はスムーズに授業が進行していたということになり、

「デーヴァラージさんは私をたすけてくれます」

あるいは、

「私はデーヴァラージさんにたすけてもらいます」

その状況はまさしく現在私が導入中の文型を用いて要約するにふさわしい、だがその例文をホワイトボードに書く気はもうとうない。

それはともかく、精神年齢は措くとして全員一流大学を卒業し、すでにのべたようにＣＭＭＩランキング・レベル４、タミル・ナードゥの有名ＩＴ企業であるヒンドゥー・テクノロジーズのプログラマーとして雇用された新卒社員ばかりのこのクラスで、彼ひとりが過去、他の人々とは比べようもない辛酸をく

ぐりぬけてきたらしいのは事実のようだ。例の養子に出された弟あるいは妹以外、彼に兄弟姉妹はないうえ、その後あいついで両親をなくすが、ずばぬけて利口な子供だったため村の有力者が学費を出し合い、大学まで卒業させたのだと後で誰かに聞いた。

ガンガンガン、長身でお尻《しり》のむちむちした警官が足早に行ったり来たりしながら、長い棒で力まかせに橋の欄干を叩く音がますます高くなっていく。

橋の下には猛烈な勢いで逆巻く川、橋の上にはそれを見物しに雲集したとてつもない人びとの群れ、まちがいなくこの連中は百年前も同じ顔同じ足取りで、人間がつくりためたいっさいがっさいを百年に一度、鼻うたまじりに御破算にする川を見ようとわらわらここに集まったのだと私はなんの根拠もなく確信した。いくら脅してもすかしても動かないばかりか、次から次へととどまることなく数を増やしてゆく野次馬についに業《ごう》を煮やしたのだろう、何往復かしたところでいきなり警官が奇声を発しながら目の前の誰彼かまわず飛び膝《ひざ》げりをはじめた。そのすぐ横でおそろいの黒いバットマンTシャツを着た五人家族がケータイを掲げ、にこやかに顔を寄せあい自分撮り、大渋滞の車道を、荷台に青いバナナを山と積んだ自転車の老人が、鼻うたを歌いながら車とバイクのあいまをすりぬけてゆく。まっさおなバナナのうえの空に、遠い雲がわだかまる。

ついさっき、自宅アパート前で三日ぶりに地面を踏み、瓦礫《がれき》と泥とゴミの街を歩いたときのことを私は思い出す。むらむらたちのぼる御破算臭にたじろぎつつも進む道すがら、今食べたばかりのバナナの皮、今飲んだばかりのティーの紙コップといったあきらかに洪水のあと捨てられたゴミをみつけると、不思議な感動をおぼえた。この期《ご》におよんでもなお、地上にゴミをつけ加える力を人類は持っているのだ。まあたらしいゴミにむすんだまあたらしい雨滴に、まあたらしいチェンナイの空と雲と朝陽が映る。ゴミだけではない、騒音も排気ガスも、洪水前にあったものはすでに戻ってきていた。水が引いて数時間たたぬうち、もう街はふきこぼれている。

まっさおな空に、光を散らかしながら雲のふちをすべってくる一人の飛翔通行者が見えた。その右方向からスマホを手にした別の飛翔者が、フリーハンドで使用可能な自動ブレーキ機能搭載の最新式翼を装着しているらしく前も見ず暴翔《ぼうしょう》してきた。それがいったん先ほどの飛翔者の前方を横切った直後に方向指示の所作もなしに左折、間一髪で衝突をまぬがれ両者がぎりぎりすれ違うのが見えた。危険な目に遭わされた方が、片手の掌《てのひら》を上に向け激しく相手に差し伸べる抗議の所作をして見せたが、不規則飛翔者はそのままスマホから一度も目も離さず飛び去った。

地上では相変わらず警官の罵《のの》り声、難を避けようとする人びとと手を打ってはやし立てる人びとがいりみだれ、その騒乱に悪乗りして欄干上にのけぞり、手足をバタバタさせあやうく川に落ちそうなポーズを自分撮りする若者グループもおり、クルーカットにした体格のいい三人組だったが、爆笑しながら一人が隣の男の背中をばんばん叩《たた》き、「こいつマジ落ちかけてやんの、ホント、ばっかだね〜」大声でからかうと相手はふくれっつらを装《よそお》いつつ両手を広げ、「ばか？　ばかだと？　何がばかだ、お前、オレに対してそんな口のききかたしていいと思ってんのか？　おいおい勘弁してくれよ」ことさらに芝居がかったしぐさで空をあおぎ、「さっき通ったろう、お前も見てただろうが、いいかオレの叔父貴はな、泣く子も黙る天下の飛翔免許持ち様、なんだぜ？」「親父《おやじ》さんはどうしたよ、お前のよ」「だから飛翔特権は三親等内に一人って決まってんだよ、そんなことも知らねえってお前よほど縁がないらしいな」「お前の叔父貴っていやあ去年収賄罪《しゅうわいざい》で刑務所入ったんだろが」「ばあか、そのぐらいじゃなくて何が出世だ」言うとTシャツの右袖《そで》をまくってぐっ、と力瘤《ちからこぶ》を作って見せ、「権力《パワー》があるから『お願いします』って他人がどんどこ金持って来んだろ、くやしかったら」片掌《かたて》を高くさしあげ、縦横無尽に蒼穹《そうきゅう》をよこぎりやってくる飛翔通行者たちをしめしながら、「てめえも飛翔通行できるぐらい出世してみろってんだ」相手はせせら笑い、「ああいいともさ、余裕ったらないね。

きのうネット見たら飛翔免許証がオークションに出てたぜ、衝突軽減ブレーキ搭載の主翼二セットと補助翼こみで、今朝見たらもうアショークナガルに家二軒買える値段になっちまってたけどな、結構な世の中だね、晴れてオレがお買い上げのあかつきにはお前に空から一発おみまいしてやる」「何がおみまいだよ」「朝、トイレがまんしといてよお」「きったねーこの野郎！」言うが早いか相手のわきの下に手を差し入れ欄干から川の方へ押し倒し、押された方は「助けて〜！　アダイヤール川さま、ナマステ〜」でために足をばたつかせる合い間に川にむかい両手拝み、三人いっしょにげらげら笑いながらさらに何枚も自分撮りするシャッター音が続けざまに響く。さもたのしげに男同士でじゃれあう彼らの間から見え隠れする荒々しい川面《かわも》を私は見た。しきりに吠《ほ》えくるう底知れぬ泥流、この川がこれほどまでにチェンナイの人々を身近に集め、熱い注目を浴びることはこの百年間絶えてなかったことだろう。私がチェンナイに来たばかりのころアダイヤール川はまだ比較的水量が少なく、みな鼻をつまみただ早足でそばを通り過ぎるだけの川、だがそういえば一度、水中から間断なくわきあがるメタンガスでわななくような波紋をえがきつづける水面を、あざやかな抜き手でよこぎってゆくとほうもない人を出勤途中に見たことがある。元気なタミル語のとびから橋の上で、ひとりデーヴァラージが気乗りのしない顔で熊手を百年泥に突き入れては、形のいいすらりとした脚を前後に動かし、畑を鋤《す》き返すような気だるい動作を続けていたが、その熊手がかちり、ふたたび何かに当たる小さな音がした。

自分撮り三人組がようやく立ち去った歩道側へと彼がそろそろと寄せてゆく、それは小さな、古ぼけたガラスケースのようなものだ。

近づいて見る前からもうぴんと来た。泥だらけのガラス越しのあいまいなシルエットではあるが、それは小学生のとき、社会科見学で行ったお寺で見たものにまちがいなかった。

小学校五年生のときと記憶するが、教師に引率されてクラス全員でバスに乗り、小さな海辺のお寺へ行った。高齢の住職は入れ歯があわないのか発音が不《ふ》明瞭《めいりょう》で、〈渡海上人《しょうにん》〉とか〈衆生済度《しゅじょうさいど》〉とか〈ポタラカ〉などの言葉のちりばめられたその話は、かならずしも私たちに実感をもたらす内容ではなかったが、終了間際《まぎわ》、住職が私たちをみちびいた本堂の隅、御本尊の対角線上に置かれた古ぼけたガラスケースのなかみに、私たちは一瞬にして心をうばわれた。

「人魚のミイラです」

住職はそう言い、ガラスケースにむかい合掌した。そのミイラは全国的にも珍しく、人の足らしきものと魚のヒレ状のものが渾然《こんぜん》一体となり胴体から突き出ているように見える。江戸時代この寺に寄進されたこと以外、何も分からないという。

以来、クラスで話題をさらったのは、海のはてへと人生を棄《す》てつづけたお坊さんたちの話でなく、人魚のほうだったことはいうまでもない。人魚にまつわる挿話は、皆の口でさまざまなバリエーションと入念な練り直しが加えられたが、最終的に岡村くんの以下の発言に極まった。

「うちのお母《か》ん言うとったで、昔な、このあたりまで海岸やってん。そんで、この近くの海岸に人魚が打ち上げられてんけどな、みんなにいじめられて殺されてもうてんて。それでずっとこのあたりに人魚のたたりがあんねん」

大阪からの転入生である岡村くんは、越してきた日からその話術と積極性で級友たちのハートをがっちりつかみ、そのうえ給食のプッチンプリンが嫌いで先着順で権利を譲るため、献立表で給食にプッチンプリンが出ると分かってる日の朝は、岡村くんとともに登校することを熱望する友人たちが彼の家の前に行列をつくった。岡村くんは大阪生まれ大阪育ちだが、両親の離婚により母親の実家に移った由であり、彼の母がこの土地の事情に詳しいのはそういうわけである。

その岡村くんが右の発言につづけて、さもいわくありげに声をひそめて言うには、

「この学校はな、ひとクラスに一人、人魚がおんねんで」

要はみんなの前でパンツを脱がせる仕打ちの口実にすぎない。そして誰ひとり、その精密検査によって人魚であることを証拠づけられたものはいない。当然だ。私の母が人魚だったのだ。黙っていたが、私だけは知っていた。なぜなら本物の人魚は口がきけないことを知っていたのは私だけだったからだ。そのことを重要な根拠としてあげる級友がいなかったことが何よりの証拠だ。童話の「人魚姫」にその挿話があるが、そのことの露見する危険性を感じていた私はある放課後、制服の下に『人魚姫』の本をひそませ図書室からひそかに持ち帰るという手段を取ったが、やむをえない処置だったと今も思っている。

幼いころから母が口をきくのをほとんど聞いたことがない。外出先でどうしても何か言わねばならないとき、母は下を向き、それはそれは小さな声で言うが、相手に訊き返されたとたん、水に放された人魚みたいにするりとその場を去る。だがそんな折はさほど多くはない。買い物だったら、ほしいものを指させばすむことだし、物ごころついたころから私がいつも母の横にいて「おじさん、これちょうだい」と言ったからだ。

先述のように、義理の父は二度目の結婚だった。前妻がじつによく口の回る女だったらしく、毎日ひっきりなしにしゃべり倒し、すぐに返事をしないと不満をもらし、返事をすればとたんにべつの話をはじめた。休日に家にいないことを責め、給料の額をあげつらい、夫の実家の母が自分に会いに来ないことを非難し、会いに来たことを非難し、婚姻末期には夫のご飯の食べ方、電灯のひもの引っぱり方から前日のゴミの出し方、結婚前に連れて行った唯一《ゆいいつ》の店が安居酒屋だったこと、はては台所の水まわりから窓のアルミサッシ畳のへり天井のシミまで目に入ることごとくを罵倒しつづけたあげく、気に入った男を見つけて遁走《とんそう》した。

半年後、母を紹介されたとき、父はひと目で気に入った。母がみずみずしく美しかったのと、何もしゃべらなかったからだ。たしかに、結婚した男女が、毎日バラの花束を捧《ささ》げあって愛をかたる必要はないし、美しい妻から不平も不満も呪詛《じゅそ》も聞かずにすむとあれば、願ったりかなったりというべきである。おまけに父は酒好きで、簡単な肴《さかな》さえあれば話し相手はいらないたちだったから何の問題も生じえなかった。

　お寺への社会科見学のすぐ後かと思うが、あるとき商店街を母と歩いていて肉屋の前で級友の一人と行き会った。店に入りいつものように母がこれ、あれと指さし、私にむかって指で百、二百グラムと指示するのを仲介し「すみません、豚ひき肉二百グラムください」と店の人に注文する、その一部始終を彼女はじっと見ていたようだ。母が財布を出し支払いしているわずかな隙に、ひと足先に店を出てきた私の耳もとに級友がすばやく口を寄せ、

「よっちゃんのお母さんてさ、きれいだけどユキンバみたい」

　言うなりすぐに走って消えた。彼女が口にしたのは教室隅の学級文庫にならぶ本のなかで、絶大な人気を誇る同名絵本の主人公であり、全国区のタイトル

ならさしずめ『雪女』だろう。ありていに言っていつからそこにあるのか誰が持って来たのか不明のその絵本に対するクラスの絶賛を支えるものはもっぱら挿絵であり、すなわちユキンバを描いた挿絵の凄愴《せいそう》さ、見る者すべての心を瞬時に凍結させるその静かな迫真力にほかならない。休み時間に夢中でその絵本を読んでいた子が授業中に「ゆき」という言葉が出てきただけでおもらしし、すぐさま保健委員につれられ保健室に行ってパンツを穿《は》きかえてもどった次の休み時間にはまたその子が同じ本を広げている、そういった摩訶《まか》不思議な作用をたえず私たちの上に投げかけつづけてたのだった。私の母がひじょうな色白であってきわめて動きが緩慢、人の顔を見ず、ものもいわず、まったくの無表情であるところをとらえて言ったのだろうが、母のそんな特色は、私にとってなんの不都合ももたらさない。心に屈託をかかえているとき、編み物をする母の後ろへ行き、長い時間背中で押しあいすればよかった。母は編み物や縫い物をするのが好きで、料理もじょうずだった。私は母方の祖父母や親類にいっさい会ったことがなく、母の生活史はつまびらかでないが、海辺で育ったこと、生まれて間もなく生母が亡《な》くなり、義母と折り合いが悪かったことを聞いた。

春によく堤防でいっしょによもぎを摘んだことをおぼえている。ふたりで川を見ながら歩いた。母は知り合いに会うと馬鹿《ばか》ていねいにおじぎをくりかえしやりすごした。もちろん、あいさつせずにすむための生活の知恵である。鴨《かも》の親子が泳ぎ、川の真ん中に白鷺《しらさぎ》が立つ風景をながめた。歩くにつれ、しっとりした堤防の土に足あとがつく。母はしばしばじぶんの足あとを見るためふりかえり、そのときかすかに子供っぽい顔になった。自分が土をふむ、それを土がすなおにうけ足あとでへんじするそのことをたのしんでるふうにみえた。

帰って家でよもぎ餅《もち》をつくった。私は母の手のうごきを一所懸命にまねる。ていねいにゴミを取ってから一緒によもぎの葉っぱだけをちぎり、重曹いりの熱湯でゆでる。よもぎをすり鉢で当たる作業は私が担当、そのあと母は上新粉と砂糖とよもぎをこね、ちぎって湯気のあがる蒸し器に入れ、ふたをする。十五分後蒸し器の前に立った母の隣に私も立つ。母がふたをとった瞬間、わたしはほっこりいい香りを胸いっぱい吸い、いつも無表情な母の頬がややゆるんだ。

私はぼんやりした子供だった。たとえば日曜日、家にいて、隣に母がいて、編み物をしている。今日は日曜日だ、ふと思う。すると、どこかにもうひとつの日曜日があるんじゃないか、そんな思いがうかぶ。私がすごした日曜日と、私がすごさなかった日曜日。両方とも同じ日曜日、どちらが本物とか正しいとかいうのではない。そしたらきっと、もうひとつの月曜日や火曜日だってある。それらについて考えてみた。私によって過ごされなかった水曜日、すごしたかもしれない木曜日について考えてみた。私によって歩かれなかった路地、眺められなかった風景、聴かれなかった歌について。私は目を閉じる。母によって話されなかったことば。私によって聴かれなかった母の声。それはどこかにあるもうひとつの金曜日、もうひとつの土曜日の風になって吹くのだ。あるいはもうひとつの日曜日の雨になって降るのだ。私は母と背中でしずかに押しあいしながら、それらの母のことばや声がコスモスの花びらやハコベの葉っぱにしずくをむすんだり、トタン屋根にはねたり、雨樋《あまどい》を走ったり、側溝できらめいたり、暗渠《あんきょ》をへて川へ流れ、海へたどりついたりするようすを想像した。

親が子どもの学校生活と関わるあらゆる機会を母はキャンセルした。「お父さんお母さんに見せなさい」と学校で先生に配られた授業参観や三者面談、家庭訪問、運動会などを案内するプリントを渡すと、そのつど母はしずかに首をふった。結果、何か行事や催し物のたびに「風邪をひいています」「けさてんかんの発作で倒れました」「修行の旅に出ています」など考えつくかぎりの理由を言いたてる私にあきれ果てた担任教師は、私の母親の実在を疑いはじめたくらいだ。ある日強引に家まで来た担任は、上り框《かまち》にしかれた座布団《ざぶとん》のうえで十五分あまり、主として私の学校での態度に関し、

「まじめなお子さんですが、例えばですね、授業中手を挙げたりすることが少なく、積極性に欠ける印象があります。仲の良いお友達がいないようで、休み

時間にクラスのみんなが遊んでいるときなど……」

無表情にうつむいたまま、ゆっくり顎《あご》だけ上下させうなずきつづける母の前で、一人所見を論じたてたのち担任は帰り、学年主任に提出するレポートには、「保護者様には私の指導に対する御賛意ならびに御同意を頂戴《ちょうだい》いたしました」とのみ記入した。担任が座っていた座布団の上に落ちていた十五分間ぶんの断念を私はていねいにはたきで払ってから押入れにしまう。

中学三年のとき、クラスメートとまったく口をきかない同級生がいた。ひじょうに小柄な女の子で、成績は下の上ていど、だが私にしても人の成績をとやかくいえた義理ではない。バスケがはやっていて、休み時間、同じクラスの女の子から「バスケやるけど行く？」話しかけられたところその子は無表情な顔を真っ赤にして黙りこみ、斜め下を見たまま返事をしないから誘った子は他の友だちと体育館へ行ってバスケをし、休み時間の終わりに汗だくになって帰ってきたら、まださっきと同じ場所で斜め下を見たままその子が立っていた。

私はいつも、周りの同級生や先生の彼女に対するふるまいに注目していたことだろう。彼らの態度はそのまま、母が子どものころ体験したものとあまり違わないだろうから。

私は見ていた。たとえば音楽の時間、合唱のさいその子が口だけぱくぱくさせてることを見ていた。たとえば国語の時間、先生が彼女を指し、

「じゃ、ここ読んでください」

朗読を当てたさい、彼女が読むのを聞きながら、先生が、

「もっと大きな声で！　全然聞こえない！」

とか、

「ふざけてるの？」

あるいは、

「いいかげんにしなさい、わざとなの？　あなたがちゃんと読むまで、授業は

終わりませんよ」

など と、何十分も頭ごなしに叱《しか》るのを見ていた。他の級友がため息をついた り、窓ぎわでうつむく彼女のちいさなシルエットごしに桜が散るのを見ていた。休み時間に彼女が一人で自分の席で本を読んだり、ずっと金魚鉢を見ているふりをしているのを見ていた。じっさい、私は彼女ととりわけ仲がいいわけでも悪いわけでもなかった。それでも一度、講堂で催された映画鑑賞会のあと、教室へもどる途中でその子が私にむかって小さな、小さな声で感想を言いかけたことがあり、するとたちまちそばにいたクラスの女の子が、

「うっわー、まじっ、新藤さんがしゃべった！」

大声で騒ぎたて、「ねえっ聞いて聞いて、新藤さんしゃべったよおっ、みんなあっ」

まわりに人を集めておいて、

「ねねね、もいっかいもいっかい、なんか言って〜ほら新藤さ〜ん」

執拗《しつよう》にはやしたてた。彼女はひとりで階段を降りてゆき、二度と私に話しかけない、そんなことを見ていた。

私の中学では年に二回、クラスごとに学級委員と副委員を選んだ。

二学期の選挙のさい、

「じゃ、立候補の人、いますか？　それか、誰か推薦したい人がいれば手を挙げて言ってください」

司会である前学級委員が言い、残暑の教室にしばらく沈黙の続いたあと、クラスの主要メンバーの一人である女子がけだるく手を挙げ、

「学級委員に新藤さん、副委員に野川さん！」

まったくしゃべらないその女の子と、私の名前を挙げた。推薦者の顔に浮かんでいるにやにや笑いからして、意図はあきらかだ。学級委員に推挙された彼女に目をむけると、夏雲のわく窓ぎわにいつものごとく黒いシルエットのじっとうつむくのが見えた。

私はそれまでときどき級友から、

「しゃべんないねー」

と言われることはあった。当然のことで、私の中でことばと無音との差がたいしてないのだ。私としては、だいたい人から何を聞かれても「うん」「ああそう」というごくあっさりした対応を身上としており、とりわけ女子どうしが話すさいによくある例の会話様式、「ええっうっそー」「ほんとほんと？　ねえねえねえ」といったたぐいのオーバーアクションは適応外だったわけだが、この学級委員推挙のさい、はっきり自分が周囲から彼女と〈同類〉とみなされていることを知る。

司会が黒板に私たちの氏名を書いたのち、さらなる推薦も立候補の手も挙がらず、クラス内に微妙な空気が流れたとき、それまで教室の隅で見ていた担任教師が黒板に近寄り、だまって私と彼女の名前を消した。

同じ年、晩秋の遠足のことを思い出す。

クラス全員で砂浜を歩いた。長い海岸線がゆるやかにカーブしながらつづく遠浅の波打ちぎわ、私とその子は級友たちから少し遅れて歩いた。級友たちは大声ではしゃぎながら波をすくってはかけ合い、先生に叱られている。私はだまってきめのこまかい砂を見つめながら、いつの間にか彼女の右側を歩いている。周囲からのゆるやかな無言の圧力が、そんな場面の歩調となって表れるのでもある。その時期私は、隣を歩いているその子と同じくらい、クラスの誰とも話さなくなっている。一か月前、母が子宮筋腫《きんしゅ》による失血であっけなく亡くなっていた。自宅の台所でさやいんげんの筋とりをしているさいちゅうに突然昏倒《こんとう》、折悪《おりあ》しく私はずっと読みたかった漫画を貸してくれるというので久しぶりに友人宅へ遊びに行っており、父も残業で遅く、床が血ですべるほどの状態で発見された母は救急車で運ばれたが、そのまま意識が回復することなく亡くなった。ふいに弦音《つるおと》のような悲鳴が海鳴りを裂き、目前で砕けた大波でずぶぬれになった女子が何か叫んでいる、級友たちが手を打ってはやしたてる。みわたすかぎりの浜辺、だまりこくって級友たちのうしろをゆく私とその子の前にあらわれる砂地はいたるところ級友たちの足あとだらけ、自分たちの足あとをつけることはむずかしかった。それでも波がしなやかな掌《て》をのばし前方の足あとをうちけしてくれるのを待ち、潮騒《しおさい》のとどろきに抱きしめられてそのあとを踏めばほんのわずか、こころがあかるむのを感じた。

そのときとつぜん耳もとをことばがかすめたように思い、私は顔を上げる。左側を見ると、その子はあいかわらずうつむいたまま歩き、私の方がずっと背が高いため口の動きは判然としない。一度もちゃんと声を聴いたことがないから、彼女の喉《のど》から出た声と信じられず、黄昏《たそがれ》まぢかの波の歌ごえとおもった。ついに声が聴けなくなったひと、その波の伝言は喉から来る声よりはるかに小さく、かすかで、メッセージの中身だけがしずかに胸に打ちよせたからだ。

こう鳴った。

「母が早くに亡くなったから、わたしは義母に育てられた。近所のアパートにひとり暮らしのおばあさんが住んでいた。わたしはそのおばあさんがだいすきで、いつも遊びに行ってた。彼女は『なんで黙ってるの？』ときかなかった。返事をしなくてもほっぺたを叩かなかったし、『口もききたくないってわけ？だったらもう御飯なんかたべなくていい』ともいわなかった。わたしが何もいわなくても、おばあさんはわたしにむかってずっと話しかけてた。わたしは心の中でへんじした。年金と遠くに住む息子さんからの仕送り、そして住んでいるアパートの管理人の仕事でくらしている人だった。

ときどきいっしょに海辺をさんぽした。はだしで砂浜に足あとをつけて遊んだ。かかとだけで歩いたり、足を真横にして、左右交互に方向を変えて進んでみたり、砂の掌がわたしたちにくれるへんじがうれしく、夢中になってふたりでいろんなもようを描いた。

春は川辺へ行っていっしょによもぎを摘んだ。よもぎ餅をつくっていっしょに食べた。いつもお腹《なか》がすいてたこともあって、そんなおいしいものを食べたのは初めてだとおもった。一度、わたしのうちへ来てよもぎ餅をおすそわけしてくれたことがある。義母はお礼を言ってうけとったが、おばあさんが帰ったとたん、お面をはずしたように表情と声が変わり、『ひっどいんだよねえ……これが』、苦笑しながら、ぞんざいにパックを開けてわたしの方にしめし、ため息とともに、

『あの人前にも一度持ってきたんだけど……見なさいよ、よもぎの葉も茎もいっしょくたに入ってるわ、そんなことも知らないのね。えぐくて食べられたもんじゃない、よもぎを湯がくときは重曹を入れるものよ、小さじ一杯でいいのに、それに何これ、粉と混ぜてよく練らないと、ちゃんと上新粉使ってんの？このくらいの量だったら二百グラムぐらいでしょ、それに砂糖が少なすぎるのよ、砂糖はだいたい大さじ……』

容器ごとゴミ箱に投げ捨てるまでのぼやきのレシピで、わたしはよもぎ餅の作り方をおぼえた。義母は一度もよもぎ餅を作ったことがないのに材料から各

作業手順までひとつ残らずよく知っていると感心した。

おばあさんが部屋で亡くなっているのを同じアパートの人に発見されるのはその半年後だった。心臓発作だったらしい。最後にいっしょに浜辺を歩いたとき、わたしは新しい運動靴をはいていた。虫の知らせなのか、その日、まだ一か月以上も先なのに『そういえばもうすぐ誕生日だね』と急におばあさんが言い出し、ずっとほしかった新しい運動靴を買ってくれたのだ。義母に何かねだることはわたしにはとてもできなかった。靴屋で新しい運動靴を履いて、心の踊りはねるそのままおばあさんと手をつないで砂浜へ行き、うれしく砂をふむと、新しい靴は足あともくっきり新しい。世界はただ受け、おしみなくへんじする。新しい足あとをふりかえり、ふりかえり歩いた。海のうえに重なる、ふくよかな雲をみた。そのままずっとおばあさんといっしょに歩いていたかった。

運動靴はなぜか翌日靴箱からなくなっていて、わたしまた古い靴をはいた」

潮風に髪をなぶられながら、私は、母はこんな声をしていたのだと思った。

長い午後を、背中で押しあったときの布地ごしの感触を思いだした。母は医者ぎらいで定期健診も婦人科検診も受けたためしがなく、毎度生理の出血と痛みが尋常ではなかったのにその原因を知ろうともしなかった。母の性向からすれば、じぶんの体の状態を逐一医者にことばで説明するなどという野蛮事にとても耐えられる気がしなかったのだろう。納骨をすませた日、私は小学校の図書室から盗んだ本をひらく。人魚姫は声を手ばなし、人の身を得た。母が得たもの、それが何だったか私にはわからない。母の部屋を片づけているときふと、たったひとつ母がこの世で得た二本の脚、それは私だった。そう信じることに心をきめた。

後年私がつねに獲得することになった定評について先に述べたが、実のところ、

「おまえさ、ほんと口ないのかよ。なんか言えば？　ったく愛想のない女だね」

男が舌打ちとともに、そんなコメントをぽんと私の前に置くなり背中をむける、そのたび謎が深まるばかりだ。ましてや、泥酔《でいすい》した元夫がかつて親切なスナックママに語ったように、「女としてかわいげがね」などという、さらに難解な概念をもちだされた日にはなおさらだ。とりあえずおおよその目安としては、私といっしょにいるとき別の女に携帯をかけ始めたらもれなく終了まぢか、ジーンズの尻をはたきながら「ああもう、愛想ねえ女だねえっ」勢いよく立ち上がり、ポケットに携帯突っ込み石段下って回れ右だ。

「愛想」あるいは「かわいげ」が何を意味するのか男の背中には書いてないが、あるいはそれはいつも私がよめない字で書いてあるのかもしれなかったが、現に目の前にある人生にたいし、私はとかく高をくくる傾向があるかもしれない。これはありえた人生のひとつにすぎない、無限にある可能性の中で、たまたま投げた石が当たって鼻血を出してるのがこれにすぎない、そう思うとつい扱いがぞんざいになる。私にとってはるかにだいじなのは話されなかったことばでありあったかもしれないことばの方だ。この世界に生れ落ちてから、ついに〈なぜ〉が私を見つけだす以前の、二度ともどらない母との無音の時間の方だ。

そこで、つきあう男の二人に一人はおじさんになった。ひと回り、ふた回りちかくも歳《とし》がはなれているとなれば、概して相手に寛容になるものだ。一人おじさん、そのつぎ同世代、またおじさん、おおむねそういったコンパニオンシップ・パターンが繰りひろげられたあげく三巡目のおじさんとはずみで結婚、四巡目が原因で離婚、五巡目のおじさんが「お金貸して」と言った。それがインドのもとになった。

「しょうらいのゆめはなんですか？」

一度日本語クラス全員に訊《き》いたことがある。

「海の近くの家、とアウディの車ほしいです」

「サラリーのいい会社にはたらきます」

「飛翔通勤するエグゼクティブ、なります」

等々、生徒たちが口ぐちに語った中で、デーヴァラージの答えはここでもふるっている、

「れないけっこんしたいです」

れんあいけっこんです、発音を直しつつもデーヴァラージのこの「れない」あるいは「れないけっこん」への憧憬《しょうけい》には、幾層ものヒダヒダのあることに、私は思いをはせざるをえない。

「はーい、こいびとがいるひと〜？」

私が挙手をもとめても、全員二十代の若い男ぞろいであるクラスの誰一人手をあげず、現在恋人がいないばかりか、ほぼ全員過去いっさい「れない」経験がない。

この件にかんし、典型的なインド映画など想像してはならない。彼らの話をあくまで一例としてここに紹介すれば、インドでも小学校、中学校までは男子と女子が通常の会話を交わすものの、高校からはそんな雰囲気は消えうせ、万

が一校内で男子と女子が会話など交わせば先生に厳しく叱責《しっせき》される。共学の大学ですら男女の会話禁止、講義室内の座席はすべて男子席と女子席に分かれ、あまつさえ監視カメラが設置され、一度ガネーシャが可愛《かわい》い女の子に顔をおぼえてもらおうと教室内で、

「ねねねちょっと前回のノート見せて」

欠けている前歯が見えないよう手で隠しながら話しかけたところすぐさま後ろから肩を叩かれ、

「校内でそういう行為は慎し[illegible]」

こわもての警備員にきつく注意されたらしい。けだし、いま私の目の前にいる彼らにとって日本語の授業で導入されたinviteの構文、ならびにそれを用いた〈こんどいっしょにホテルへいきませんか〉などという例文は、ユーチューブをみて日本語学校のマスコットの女の子にうつつをぬかすのと同様、心あそばせるフィクション世界の事柄でしかありえず、じつのところこの教室内、

どっちをむいても童貞。

男女の随意的結びつきを可能なかぎり排除しようとすることはヒンドゥーの習俗からして当然の要求なのだろうが、それならなぜそもそも共学の学校が存在するのかという謎《なぞ》は、生じると同時に広大なインドの闇《やみ》に溶ける。ありていにいって、ヒンドゥー・テクノロジーズ社内で社員同士や食堂の職員、掃除のスタッフなど、男性と女性がごく自然に会話したり笑いあったりしてるのを日々目にしている私としてはいささか不思議な気もするが、そういえば何度か利用したことのある公営バスの中でも、中央の通路をはさみ右側に男性、左側に女性と、当たり前のように乗客が分かれて座っていたのを思い出す。

「みなさん、おみあいけっこんしたいですか、れんあいけっこんしたいですか？」

ときけば、デーヴァラージ以外はさわやかに、

「はい、おみあいけっこんしたいです」

このみちゃんもあやのちゃんもアイリンちゃんも一瞬にして消去され、みな例外なく〈息子〉の顔ではきはき答える。自身の属する社会における〈常識〉を素直に内面化して寸毫《すんごう》もうたがわぬ様子は、心あたたまるが、むろん高見の見物とはいかない。

ガネーシャいわく、

「れないいけっこんの、りこんの、おおいです。わたしのおじさん、りこんしました」

これでも三回言い直させた後の文だが、つまりは結婚が個人の意志の問題ではありえず、カーストや親の職業など厳格きわまりないもろもろの基準、はては占星術までからまりあうこの国で、実は〈「お見合い」か「恋愛」か〉という選択肢じたいがもともと成立していないのだ。

だが、それでも、できるときにはできる。相寄る魂である。話を聞けば、どうも一族あたりひとつやふたつの駆け落ちばなしはあるようだ。

アーナンダいわく、

「わたしのいとこは、かのじょをいます、おとうさんにいいました」

彼のいとこがあるとき父親にお寺で知り合った恋人の存在をうちあけたという。すると黙って聞いていた父親が、やにわに自分が履いていたサンダルを脱ぐやいなやそのサンダルで殴りかかって来、いとこは失神寸前まで殴られたあげく保護を求め警察に駆けこんだ、そんな話を屈託のない笑顔で話してくれた。しかもこのサンダルの裏にはまた別種の逆さ画ビョウが打たれている。というのは「れない」結婚の場合、一般に持参金《ダウリー》不要とされる点で、それが唯一女性の家族側から見たメリットといえばメリット、同時に男性側の親が「れない」に対しより激しい抵抗を示す理由となりうることが推定される。

だがそれも、そもそも家族がいての話なのだった。いざというときに頼る係《けい》累《るい》もないデーヴァラージのバックグラウンドを考えれば、通常の「れない」結婚よりさらにこみいった困難と悶着《もんちゃく》は容易に察しがつく。そしてその困難と悶着にこそ彼は「しょうらいのゆめ」として、彼自身の「れないい」という名の新しい王国をゆめみるのでもあろうが、「れないい」にかんする彼自身のイメージを彷彿《ほうふつ》とさせるものとして次のエピソードをあげておこう。

教室で漢字の書き取りをさせたときのこと。一人一人生徒の名前を呼び、前に来させてホワイトボードに漢字を書かせ、次はデーヴァラージ、

「〈ear〉……〈mouth〉……〈eye〉」

私が英語で意味を言った漢字をデーヴァラージが難なく「耳」「口」「目」さらさら書き、赤マーカーで私が「目」に丸をつけたとき、ふいに彼が、

「せんせい、わたしはきのう、バス停で女のひとをみました。とてもきれいな目の女のひとでした」

とやりだし、また始まった、私が教科書と赤マーカーを持ったまま黙って見てると、

「わたしはきれいな女のひとがすきですから、とてもきれいな女のひとがいる

と」

やや、前かがみの上目づかいになり、

「わたしはみます、このひとはわたしのかのじょだったらいい、この女のひとをかのじょがほしいです。そのとき、わたしはこの目です」

上目づかいのまま私を直視したが、率直に言って顔から血の気がひくほどの美形の男にそんな目つきをされると生きたここちもしない。だが視線を外そうにも、すでにデーヴァラージの目からじょじょに放射されはじめている一種凄絶な光のためもはや自分の意志で視線を外せない。彼は自分の目を指さし、

「この目、この目をにほんごでなんといいますか」

こちらを見る目にぐっ、と急激に殺気が籠《こ》もった次の瞬間、正確にはなにが起こったのかわからない、意識が飛んだのは一瞬だと思うが気がついたら私は教科書を投げ出し、両掌を背後の床につきぺたんと腰を落としている。耳の脇《わき》でかすかにプスプスいう音がして、手をやると顔の両脇の髪がちりちりに焦《こ》げ

ている。

デーヴァラージがこちらを見おろし、滑らかな頰が天井からの蛍光灯の光をうけてかがやき、その頰の産毛《うぶげ》の一本一本がまざまざと私の目に映ったが、すべてがあまりに隅々まで明瞭に見えたから、たぶんそこは地獄だったのだ。形状記憶ジャツのように彼の口の両端がつりあがる、

「にほんごで、なんですか」

「日本語に、ありません」

存在しないものを表現する語彙《ごい》はない、日本人にこの目ぢからはない。そう、胸おどる恋のはじまりは、いつも目ぢからと目ぢからの絡《から》みあう焦げるような目交《まなかい》にあり、藪《やぶ》から棒に歌って踊り出すインド映画のあの情熱世界は、この目ぢからあっての物種と私は得心した。

そのとき、どん、重くにぶい音がした方をみあげると、ずっと左手、アダイヤール川の上空で飛翔通行者同士が衝突したところだった。

白い羽毛と黒い羽毛がおびただしく入りみだれて、朝陽の中でつやつや光りながら散乱するのが見え、衝突した一方の黒い翼の飛翔者は衝突直後、何とか態勢を立て直し高速で下流方向へと飛び去ったが、一方の白い翼の飛翔者は大きく弧をえがきながら濁流うずまく川へ落下した。だが翼がGPS搭載らしく衝突落下と同時に専属係員が急行、間髪を容《い》れず特大の網ですくいあげた人を見ると、しきりに悪態をつきつつもその風采《ふうさい》はいかにも堂々たるエグゼクティブ然としているのが遠目にも判《わか》る。これも例の自動ブレーキ機能搭載の最新式翼のようだったが、やはり万能からはほど遠い。がんらい飛翔通勤はハイステイタスだけの特権のはずが、近ごろは当局の監視をものともせず無許可飛翔者が増加の一途をたどり、かれらの多くは札付き暴翔者である。さきほどから衝突にいたらずとも衝突すれすれの場面をたびたび目にするが、早朝から空中衝突事故が多発する昨今、自衛のため輸入ものの中華鍋《なべ》を頭にかぶって飛翔する者が少なくないのもうなずける。ＩＴ技術と不思議がひとつにとけあったインドならではの朝のながめである。

現実かと疑った瞬間にさめるのが夢、ならんでるうち何のためならんでるか忘れるのが行列、あいかわらず身動きもならない雑踏の中、ふいに左側に割り込んできた若い男の横顔と、彼が食い入るように見ている携帯画面の間から私は黄土色のアダイヤール川をながめる。この水の果てに、ほんとうに海などあるのだろうか？

界隈《かいわい》の動静などわれ関せず、ものうい顔つきで手を動かしていたデーヴァラージの熊手《くまで》がまたぐちゃり、百年泥の真ん中へめりこみ、探りあてたものを歩道側の私の足もとへと引き寄せた。

今度はずいぶん小さい。手に取って泥をぬぐってみる、燻《ふす》ぼったような色あいの古いコイン。縁から細いチェーンが垂れており、コインペンダントらしい。

「それは、〈おおさかばんぱく〉のメモリアルコインです、せんせい」

ふいに耳もとで声が立ち、はっと顔を上げる。野放図な騒乱のすこし先で熊手を使うデーヴァラージのすがたが目に入るが、後ろ姿でその表情はうかがいしれない。だがこれはただの声ではない、彼の声帯のふるえが生み出すそれでないことが直感的に分かった。まるで人っ子一人いない雨の午後に川面《かわも》に立つもやのようにそれはあわく、かすかで、メッセージの中身だけがしずかに胸にたちこめたからだ。

こう鳴った。

「子ども時代のある時期、私は一年のほとんどを小熊の檻《おり》を乗せた軽トラックで父と地方を旅してまわっていました。

旅に出て見世物をするといっても、時期があります。雨期は当然オフシーズンで、南インドの雨期は十月、十一月ごろですが、その時期北部は乾期なので長い旅をすることもあります。一般に、大きな祭りの時期は人々の財布のひもがゆるくなるので見世物の好機です。南インドなら、毎年暦によって違いますがヒンドゥー教の灯明祭で十月か十一月に行われるディーワーリー、そして一月の収穫祭・ポンガルは一番の稼ぎ時、三月ごろの春の祭り・ホーリーの時期に北へ行くこともあります。大きな街に行った記憶はほとんどありません。大都市はやたら人は集まりますが物見高いだけで投げ銭もせずタダ見する連中が多く、宿泊費用もばかになりません。そんなわけで父は主に農村を回りましたが、豊作の年と不作あるいは凶作の年と、作柄によって毎年実入りが違うことは言うまでもありません。

まだ作物が実る前の時期は財布のひもが固く、商売になりませんからおとなしく国にいて、父は地元の知り合いに仕事をもらいます。私も近所の富裕な家にたのみ、子守りなどいろいろ用事をもらっては小銭を稼ぎます。あるとき一度だけ、一年まるごと国を留守にしたことがあります。カシミール紛争が激化した時期で、三人息子が全員兵役にとられたまま戻らず、働き手がたりないというので巡業先の村の豪農に頼まれたのです。その年に何が起こったかはすでにお話ししました。母は同じ村の呪術師《じゅじゅつし》の女の家で手伝いの仕事をしていました。母が父の巡業の旅に同行したことは一度もありません。

父と母は同じ村の出身です。両親に結婚が認められず、父が二十歳、母が十八歳のとき駆け落ちしました。今もさほど変わりませんが、昔は親のきめた人と結婚するのが当たり前で、恋愛することじたいがふしだらとみなされました。

それでも駆け落ちする男女は少なくなかったですが、駆け落ちは家族全員の顔に泥を塗る行為ですから、駆け落ち者を出した家は村じゅうから除《の》け者にされ、道で会っても誰もが顔をそむけ、親類は口もきいてくれなくなり、村の重要な集会や結婚式にも呼ばれなくなります。子どもを親に従わせることは当然のことで、それすらできない親はありとあらゆる不幸を呼びよせる不吉な存在だと、昔から信じられているからです。そのため駆け落ち先まで親兄弟が追ってきて相手ともども本人を殺害する事件が今も後を絶たず、それらはすべて〈名誉殺人《サンマーン・ハティヤー》〉という名で呼ばれ、加害者が罪に問われることは稀《まれ》でした。

父と母が駆け落ちした理由、それはその村で村民はみなきょうだいとみなされ、昔から村民同士の結婚が認められなかったこともあります。ですがそれだけではありません。とりわけ父の両親が二人の結婚を絶対に認めなかったのは、母がいちど棄てられた子どもだったからです。母が生まれたとき、それはたいへんな難産だったそうですが、生まれるやいなや女児だというので、取りあげた産婆《さんば》がそのまま窓の外へなげすてました。インドではめずらしいことではありません。たとえば現在インドでは超音波による胎児の出生前性別診断が法律で禁じられていますが、それは女児と知ると妊娠中絶する親が多いからです。たとえ生まれても女の子とわかればすぐさま水路やゴミ箱に捨てられ、あるいはネコイラズを飲まされ、あるいは家のどこかにそのまま放置され一度も母乳を与えられないまま餓死させられる赤ん坊などごまんといます。息子は一家の稼ぎ手になりますが、娘は親の面倒を見られないばかりか嫁ぐ際には多額の持参金《ダウリー》を支払わねばならないことなどが女児の疎《うと》まれる理由です。話を戻します。出産のあとぐったり疲れてうとうとしていた母親、つまり祖母が明け方ふと目がさめ、外に用足しに出たときのことです。窓の下を見ると、すぐそばのパパイヤの樹《き》から熟れすぎた実がいくつか落ちて散らばり、その間にうごめくものがある。二三歩近寄ってみた、するとパパイヤにしがみつく赤ん坊のちいさなからだが、しらじらした夜明けの光の中に浮かびあがりました。熟みわれたパパイヤを母としたように、いっしんに割れ目からもれでる汁をなめていた。それを見て不憫《ふびん》におもった祖母は赤ん坊を抱きあげて家に入れ、何とか家族を説得して育てることにしたのです。三か月後、家族は赤ん坊の脚に刺青《いれずみ》を入れましたが、それはその地方の風習で、病気をしない丈夫な子になるように、そして来世は男に生まれ変わるようにとの願いをこめ女児に刺青を施す人が多いそうです。母の場合、それが後に致命的状況を生み出すことになりますが、誰も知るよしがありません。その村に西洋医は一人おりましたが、診療費も処《しょ》方箋《ほうせん》の薬代も高く、村人たちの大半が頼るのは民間療法のヒーラーです。そういう治療師はたいてい、民間療法半分呪術半分というスタイルでやっています。

その治療師のもとで幼いころから母は小間使いをしていました。母は学校へ行きませんでしたが大変利発な子だったようで、治療師が毎日の施療《せりょう》で使用する伝統的な薬草の種類も薬効も配合もすべて、一度聞いたらたちどころに覚えてしまい、ひとこと指示すればすぐさますべての薬草を揃《そろ》え、刻んだり日干ししたり煎《せん》じたりありとあらゆる作業をこなしたといいますから、さぞかしヒーラーに可愛がられたことでしょう。のちに父と駆け落ちした後も、私がものごころついたころから母は村の民間治療師兼呪術師のもとで働いており、ヘナというその治療師はかたときも母を手放したがらず、おそらく薬草の種類や調合にくわしい彼女は重宝がられたのでしょう。ヘナは村人から陰で「魔女」と呼ばれていたといいますから昔から怪しげな所業がすくなかったと思われますが、一方で村に何人かいるヒーラーの中でも最も篤《あつ》い信頼を勝ち得ており、体の不調を訴える者は何かにつけ彼女のもとを訪れるのでした。

母は一度も父の巡業の旅に同行したことはないと言いましたが、それでも、

〈お祈り《プージャー》もちろんだがまず薬を服《の》め〉とインドのことわざで言うとおり、毎回薬だけは持たせてくれました。私はときどき熱をだして寝込むことがあったのですが、母が調合した薬だけは覿面《てきめん》に効くのです。

秋のディーワーリー祭の折、父と私は北部へ行き、ダラムサラの近くで見世物をしました。見世物をする前、私が笛を吹きながら村の家々を回って客寄せをするのですが、そのさい、一人の女が留守の家を覗《のぞ》いて回ってるのを見かけました。女は私を見るとさっと立ち去りましたが、その後村の広場のガンダルヴァ樹の下でその女が村人相手に占いをしていました。後で考えると、その女は間諜《かんちょう》で、占いにかこつけ村民たちから家族構成や内情など聞き出し、情報収集していたにちがいありません。というのはその夜、その村が十数人の盗賊に襲われ、村でもとくに金持ちの家だけ短時間で要領よく略奪されたからです。

私たちはその日、その村で見世物をしたばかりでしたが祭りの時期で投げ銭も多く、すでに他の村も回ったあとでしたからそこそこのお金を持っていました。泊まっていた宿も悪党のターゲットにされており、たちまち盗賊の頭らしい男に父が刃物をつきつけられ『金を出せ』と脅されました。『勘弁してくれ。ここから、今残っているガソリンで行ける範囲に商売できる場所などない。私たちは旅の芸人だから、一文無しになったら野垂れ死にしてしまう。もう充分他の家で盗《と》っただろう。私たちは見逃してくれ』

父が懇願すると、盗賊はまったく表情を変えることなく、

『〈この世でただ一人、絶対に捕まらない泥棒、それは国王である〉って言葉、知ってるか？』

『……』

『国王だけじゃない。地主に警察官、軍隊……この国は泥棒、泥棒、泥棒、どっちを向いても泥棒しかいない。俺はそいつらにときどき金を払ってる。だから俺は捕まらない。金も払わずに、なんでお前だけ見逃さなきゃいけないんだ？　いいか、俺に指図なんぞするな』

その男のずっと後ろ、入り口ちかくに昼間見た占い師の女が子供を抱いて立っていたのですが、そのとき私は、その子供がぐったりと具合が悪そうなのに気づきました。頰や額が真っ赤で、肩で息をしています。とっさに閃《ひらめ》いた私は無我夢中で、

『金がいいか、子供の薬がいいか』

声のかぎりにわめきたて、不審そうに眉《まゆ》をつり上げた盗賊に言いました、

『ぼくは子供の病気によく効く薬を持ってる。金の代わりにそれをやる』

占い師の女は、その盗賊の妻のようでした。彼らはしばらく声高に相談していましたが、まもなく女が盗賊を制しつつ私に向かって『薬をもらう』きっぱりと言いました。私は母が持たせてくれた薬を渡しました。すると、薬など服んだことがなかったのでしょうか、たちどころに子供の頰や額から赤みが引いたかと思うと、すうすう寝息をたてて眠りこんでしまったのです。

それを見た盗賊の頭はよろこび、つづいて私にむかって苦笑しながら、

『つい最近、隣村で偽医者《にせ》が調合した薬を服んで五人死んだ。その偽医者も一緒に死んだがな』

そう言って私たちからだけは何も盗らず立ち去りましたが、よくぞ信用してくれたものです。立ち去るさい盗賊の頭が、

『礼にこれをやる。これは俺が今まで長年大事にしていた宝物だ。お前は俺の宝物を助けてくれたから、俺は一番大事な宝物をやる』

懐《ふところ》から取り出したものを見ると、それはくすんだ鬱金《うこん》色《いろ》のコインペンダントで、コインには見たことのない文字が刻んであります。

『以前ダラムサラでバスを待っていた日本人が、足もとにリュックを置いたまま地図を見ていたから失敬した。その中に入っていたものだ』

とのことです。リュックに入っていたパスポートで日本人と知ったそうです。

ダラムサラには有名な瞑想《めいそう》道場があり、行き帰りのインド好き外国人を狙《ねら》ってよい仕事ができるそうです。

ともあれ、そういうことならそのコインは日本のものなのでしょう。〈EXPO'70〉はわかるとして、ほかの文字は日本語に使う文字ということになります。私はひと目見て、その字が気に入りました。そのコインの文字を見ていると、意味も分からないのに心がおちつくのです。胸にかけ、暇さえあればコインを眺めました。いくら見ても見あきず、見るたびにいったい何て書いてあるんだろう、などと勝手にあれこれ想像してたのしみました。

そのしらせがとどいたのは、ちょうど私たちが巡業から国へ戻ろうとしていた日のことでした。詳細は分かりませんが、母が亡《な》くなったというのです。取るものもとりあえず国に帰りましたが、そこで私たちを待ちうけてたのは、いっそ村に戻らず逃げていたほうがましだったと思えるようなものでした。母が警察に逮捕され、取り調べ中に死亡したというのです。のちには逮捕されたのではなく、取調べのための同行を求められ、その途中具合が悪くなり急死したことが分かりました。

逮捕されたのは治療師のヘナです。彼女の患者だった妊娠中の女性が亡くなり、夫が警察に訴え出たところによれば、治療師に処方された薬が真っ赤なニセモノだったというのです。その夫婦は妊娠が分かったあと、ヘナに依頼して男女産み分け薬、すなわち男児の生まれる薬を購入しました。最初の子供が女児だったので、さらに娘が増えることを心配したからです。処方にあたり、ヘナから身重の妻に細かいディレクションがあたえられました。服用のさいはまず朝五時に起床して神に祈り、三か月以内に雄牛を産んだ牛から搾《しぼ》った牛乳を飲み、家の中の女性の顔をできるかぎり見ないようにし、ひたすら男児を授かるよう心に強く念じながらその薬を服用しなさい、といったことですが、それらをすべて遵守《じゅんしゅ》しつつ朝夕二回、五日間薬を服用したのち妻がとつぜん亡くなったというのです。

母の体の具合については、父が知らなかったはずはないと思います。亡くなる少し前、家事仕事の合い間にもしばしば「疲れた」と横になっていた母の姿を私はおぼえています。あるとき村の唯一《ゆいいつ》の西洋医と一度道で行き会ったことがあって、彼は私と一緒に歩いていた母の顔を見るなり「jaundiceが出てるじゃないか、これはひどい。疲れやすいだろう？　体がむくんだり、腹が張ったりしないか？　一度私の病院に来なさい」と言いましたが、母はだまって通り過ぎました。母やヘナのふだん口にする風評とことなり、西洋医はごくきさくないい人に見えました。彼の言葉の意味は私にははっきりと分かりませんでしたが、母の状態がよくないこと、またそれを気遣って彼が母にアドバイスしたことはよく分かりましたから。

大学に進んだ後のことですが、医学部の学生と話す機会があり、耳に残っていた西洋医のその言葉、〈jaundice〉（ジャーンディス）と私の耳には聞こえました）とは黄疸《おうだん》のことであり、お母さんは肝炎の末期だった可能性が高いと言われました。肝炎から進んで肝硬変の状態になると血管に静脈瘤《りゅう》ができ、これが破裂すると大出血を起こして死にいたると。

刺青じゃないか、彼は言いました。君のお母さんが生まれて間もなく入れたという刺青、それが原因でウイルス感染したんじゃないか、これもインドではめずらしくない話です。子供の健康と長生きを祈って入れる刺青のために早死にする。その医学生の友人の知り合いも、つい最近刺青が原因で亡くなったんだと彼は言いました。ただし映画で見た主演俳優のと同じのを遊びで入れたタトゥだったそうですが。

まるで自分の早世の運命を知ってたかのように、以前母から、もし自分が死んだらガンジス河《ガンガー》に遺骨を撒《ま》いてほしいという遺言を父は聞いていました。ガンガーに遺骨が流されることで、無限の過去世からの罪業《ざいごう》が濯《すす》がれるのです。ヴァーラーナシーまで遺体運搬専用の車を頼まなければなりません。母の遺体を布で何重にもくるみ、梯子《はしご》のような棺架にくくりつけ車の屋根に金具で固定して運搬するのです。

途中山岳地帯を通りかかったさい、豪雨の後のがけ崩れとかで巨大な落石が道を完全にふさいでいる箇所がありました。やむなく山道を戻り、それまで来た道のりのおよそ三分の一以上も引き返したうえで長い迂回路《うかいろ》を通り、三昼夜かかってようやくヴァーラーナシーに到着しました。ちょうどシーズンで、ガンガー沿いの沐浴場《もくよくじょう》であるガートは巡礼者や外国人旅行者でにぎわっています。

到着後運転手の男が請求した金額は、故郷を発《た》つさい取りきめた料金をはるかに上回るものでした。男は、『予定のコースの三倍もかかったんだ、三倍だぜ、どんだけガソリン代かかったと思ってる』頑としてゆずりません。

薪代《まきだい》と葬儀には数千ルピーのお金がかかります。運転手に追加料金を支払うとお金が足りなくなりましたが、

『何とかたのんでみる』

父は焼き場へ火葬を依頼しに向かいました。私はガートでガンガーを見ながら待っていました。あのとき、村の西洋医と行き会ったあのとき、すぐ彼の病院へつれて行きさえすれば、母はたすかったんだろうか、そんなことをあてど

もなく思いめぐらせながらガンガーの水を見ていた気がします。右手からお婆《ばあ》さんがよちよち歩いて来て、ゆっくりガートの階段を降り、サリーを着たまま川に入りました。腰まで水に浸《つ》かるとやおら両手でガンガーの水を掬《むす》び、口の中でぶつぶつ呪句《マントラ》をつぶやきながら、自らの罪業を濯ぐべく頭や肩、背中に水をかける動作をなんども繰り返しています。お婆さんが沐浴するすぐそばで、階段の一番下の水際《みずぎわ》にしゃがんだ若い男がさっきから大量の泡をたててジーンズとトランクスを洗濯しており、そこへ別の男がひどく急いだ様子で幼い女の子を抱えて階段をおりてゆき、さっそくおしっこをさせはじめました。

しばらくして父が帰ってきました。

『たきぎ、買えなかった』

ぽつりと言いました。断られたのです。母の遺体は川にこのまま流すしかありません。

父はくずおれるように私の隣にしゃがみこみました。うなだれてガンガーの水を見ています。例の養子にやられた私の弟あるいは妹の件を不問に付したこと、それは旅つづきでろくに家にいなかったことへの父の申し訳なさもあり、また父自身もじつは女出入りで何度も悶着を起こしたこともあり、しかしすべてを許したのは父が母を深く愛していたからで、そのことを誰より私は理解していました。父は私の顔をじっと見て、

『おまえ、母さんを火葬してやりたいだろう』

と言いました。私がうなずくと、やおら顔を近づけて声を低め、

『ここには外国人の旅行者がたくさんいる。やつらは金をたくさん持ってる。ああいう……』

父がふりむいて顎《あご》でしゃくって見せた先に、樹のそばで足もとに荷物を置いて立ち、汗をふきながらガイドブックを読んでいる旅行者がいました。

『……間抜けなやつの荷物を頂戴《ちょうだい》してこい。もし見つかったら、大声で泣いて、〈ごめんなさい、お腹《なか》がすいてたんです〉って言え。わかったか。おまえみた

いな可愛い子供だったらきっとひどいことはしない』
私は胸のペンダントに手を触れました。このコインの持ち主と同じ目に遭わせるということです。でも母のためなら仕方ないと思いました。
インド有数の巡礼地であるヴァーラーナシーには、南北に流れるガンガーの西岸ぞい六キロあまりにわたり、最南端のアッシー・ガートから最北端のアーディ・ケーシャヴ・ガートまで八十四のガートがならんでいます。ガート近辺の構造はどこも似たり寄ったりで、川べりの遊歩道から、西側へ階段状にせりあがった上に寺院やカフェ、土産物屋などがあり、その先に迷路のような住宅地、そのさらに先には地元の人々が買い物をする市場《バーザール》などのある街が広がっています。
そのとき私たちのいたのはアッシー・ガートで、川をみおろす階段に観光客がガンガーを眺めながら三々五々座っています。私はまず、目だたぬよう階段の一番上までのぼり、上から獲物を物色しました。わきに荷物を置きガイドブックを読みふけっている、緑のチェックのシャツを着た男が目につきました。

上からそっと、階段を降り背後に近づきました。いよいよ私がその男の荷物ちかくに到達し、手をのばす直前、横からそれを引ったくった小さな機敏な手がありました。はっとして見るとまだ三四歳の子供、子ザルのように逃げ出したのを、

『あっ、何だ、待て！』

不穏な気配に気づいたその旅行者が叫び、至近距離で臨戦態勢だった私は行きがかり上、横っ飛びにその子供にタックルしたところいきなり手にかじりついてきて『痛っ！』、一度は取り逃がしましたが、隣のトゥルシー・ガート近くまで追跡して首根っこをとっ捕まえました。

すばやく子供から荷物をひったくり、

『行け《チャロー》！』

知ってる数少ないヒンディー語のひとつで言うまでもなく、子ザルはすでに

左手の階段へすっ飛んでいったあとです。まもなく後ろから荒い息が近づき、

『ああありがとう、きみありがとう』

さっきの緑のチェックシャツの旅行者で、荷物を渡すと、

『ほんとありがとう。全財産入ってたんだ、大変なことになるところだった』

四十歳か、そのくらいの年配の人でしたが、

『きみ、英語が分かる？』

訊いてきたので、私は、

『分かります』

と答えると彼はふと私の胸のコインを見て目を丸くし、

『え……これまさか』

つぶやきながらコインを手に取り、『エキスポ'70……大阪万博の記念コインじゃないか。本物？……信じられない』

なんども首をふりながら私に向き直り、『ねえ君、いったいこれ、どこで手

に入れたの』とたずねました。

私は微笑でごまかしながら、

『日本人のガイドをしてお礼にもらいました』

とっさにそう答えました。

『へえ、そう。ああ、そうなんだ……。ぼくも行ったよ、大阪万博……きみくらいの歳かな』

しきりに汗をふきながら感慨ぶかげに私を見つめる男にむかって私は、

『しつれいですが、日本の方ですか』

と訊くと『そうだよ』男はにっこりして、

『きみ、いくつ？　小さいのに、すごいね。英語が上手だ』

私は初めて日本人と話せたのがうれしく、がぜん張り切って、

『私は五歳です。私は近所の子供をあずかります、お金をもらいます。そのとき、いつも子供といっしょに近所の学校へ行きます。校舎の壁ぎわでいつも子

供と座っています。すずしいですから。そこは英語の教室です。窓からいつも英語が聞こえますから、リピートします。毎日英語の文をリピートしています。私は窓の外にいて、いつも教室の中の生徒より早く英語を覚えます』

『へえ……そうなんだ……』

感心したように私を見る男の目が、そのときふっと私の背後に流れ、ふりむいて彼の視線の先を追うと、いくつか先のガートにひときわ黒く高く立ちのぼった煙が見えました。

『ハリシュチャンドラ・ガートです。火葬の煙です』

すかさず私は解説し、男は、

『火葬のガートというと、マニカルニカー・ガート、だっけ？　それは聞いたことがあるな』

『ガンガーぞいに火葬ガートはふたつあります。マニカルニカー・ガートとハリシュチャンドラ・ガートです。マニカルニカー・ガートのほうが大きくて有名で、メインガートにも近いですから、観光客はたいていそちらへ行きます』

『インドでは亡くなった人をまず火葬して、その遺骨をガンガーに流す、それが普通のお弔いのしかたなのかい？』

『そうです。火葬すると、立ちのぼる煙といっしょに、魂も天国へ行きます。それから骨だけこの水に流します。ガンガーの水は、人の過去の穢《けが》れをすべて清めますから』

懸命に答えながら、こちらをまっすぐに見つめている、目の前のその日本人が自分に好意を持っている、そう感じた瞬間、

『おねがいします』

考えるまえに、もう口が勝手に動いていました、

『私は母の葬儀をしたいんです』

夢中で彼にそれまでの事情を話し、

『お金がないと、母をそのまま川に流さなければなりません。火葬して母をガ

ンガーに流してあげたいんです。一生かかっても返しますから、お金を貸してください。おねがいします』
そうたのみました。
彼は私の顔をじっと見ながら少し考え、こう言いました。
『ぼくは貸さない』
それから続けて、『貸したりすると、きみをうらむことになる。お金はあげる。実は、ぼくも母親を亡くしているんだ……きみと同じ歳でね。そう、この』
私の胸のコインを指し、
『大阪万博の年だった。母と一緒に行ったんだ。母はもうずっと長い間入院していて、病院から一時帰宅したとき父が連れて行ってくれた。万博は母との最後の思い出なんだ。月の石は行列が長すぎてとても見られなかったけどね。そのとき万博記念コインを父が買ってくれた、同じ、このコインだよ。それからまもなく母が亡くなって、ぼくは本当に……つらい思いをしたんだ。きみもつらいだろう』
感極まったようにここでひと息つき、その人はガンガーを見ました。ガンガーの水を渡ってくる風をしばらく顔に受けていましたが、しずかに口を開き、『この記念コインを見たとき』ふたたび私の胸のコインを指し、『正直、自分の目を疑ったよ……このコインをぼくは大切に保管してある。毎年母の命日には仏壇に飾るんだ。同じこのコインをね。だからぼくには、ここできみと会ったことが、単なる偶然とはとてもおもえない。ぼくの母のためにも、きみのお母さんのお弔いをちゃんとやってもらいたい』
そうしようと思わぬうちに私は、その人の前に身を投げだしていて、何度も彼の靴に額をつける敬意のしぐさをしました。彼は非常に驚いたようでしたが、私が顔をあげて再び彼の前に立つと、
『ひとつ……もしきみが大人になっても、この日本語をおぼえていてくれたら

うれしい……。日本ではこういう行いを、〈供養《くよう》〉っていうんだよ。ほとけさまを供養する、日本ではそう言うんだ』

　それはどういう意味ですか、私が訊くと、

『亡くなった人のためにまごころから贈り物をすることだ。きみのお母さんを供養することは、きっとぼくの母の供養にもなるだろう』

　そう彼は答え、葬儀にかかる金額を訊《たず》ねてから黙って私に渡し、そのまま連絡先も教えず立ち去りました。

　私はその日本人に、おんがあります。母は天国へ行きました。そして私は泥棒にならなくてすみました。その人がお金をくれなかったら、そのあと私はべつの旅行者の荷物を探していたでしょうから。その荷物のあともまた、べつの荷物を探していたでしょうから。そのあともずっと、ずっと、私はべつの荷物を探しつづけていたでしょうから」

　ふいに、錆《さ》びた納屋《なや》の蝶番《ちょうつがい》がたてるようなブレーキ音が聞こえ、ふりむくと私のななめ後ろ、橋の車道に黄色いオート三輪《リキシャー》が急停車したところだった。

運転手にたたんだ紙幣をおしつけ、狭い車内から身をかがめ勢いよくまろびでたサリー姿の老女の、白いジャスミンを幾重にも飾った三つ編みが肉づきのよい背中でいきおいよく跳ね、そのまま車道の脇に駆け寄るなり彼女はむっちりした掌《て》で一心不乱に百年泥を掘りはじめた。

私がかたわらに視線をもどしたとき、デーヴァラージはすでに姿を消していた。こんな、東洋文庫に入っていそうな話を経験として語りうる人物に日本語を教えるのも、なんだか畏《おそ》れおおい気がしてきたのが癪《しゃく》に障《さわ》る。それにつけても、大阪万博の記念コインが長年インドの盗賊の宝物だったことを聞いたら、吹田《すいた》市民は涙で袖《そで》をぬらすだろう。ともかく橋の上の人混みは減るどころではなかった。この渋滞の中をいったいどうやってここへたどり着くのか、老女の乗ってきたオートがまだ立ち往生してるというのにまだ後から後からぞくぞくとバイクや乗用車やオート三輪が到着、われさきに橋に降り立つ人びとが引きも切らない。きっとテレビのニュース映像を見た全チェンナイ市民が矢も盾もたまらず、一両日中にはこの橋へ押しよせるのだ。ちょっと余裕のある人はまず橋の欄干にちかより、いつもより数メートルも水位上昇し橋脚を噛《か》む凶暴な濁流の迫力をまのあたりにして驚きと満足の声をもらし、堪能《たんのう》したところでさて、と百年泥を検分にかかるが、せっぱつまった人は到着するなり這《は》いつくばって手あたり次第に泥を掘りはじめる。だがいくらなんでも見さかいなく掘ったところで、めぼしいものなど見つかるはずがないと思いきや、意外とそうでもなくて、

「ごめんなさい、ごめんなさいね、一緒にアーンドラ・プラデーシュの知り合いの所へ駆け落ちしようって約束したのに……私ったら……」

たったいま百年泥から掘りあてたらしい男の顔を親指の腹でぬぐいぬぐい、いとしげに話しかけるのは今さっきオートから駆け下りた老婦人だ、諸般の事情、ならびに長い年月胸にともりつづけて消すに消せない俤《おもかげ》が俤を引きよせる

のだろう、たくましい肩で白いジャスミンの髪飾りが小刻みにゆれている。掘り出されたほうは二十歳そこその若者、直後は泥だらけの顔でぽかんとしていたがたちまち目の前の人物を思いだしたらしく、百年泥のすっぱくむれた匂《にお》いの中でいっしょに泣いたりわらったりしはじめ、

「いいんだよイラッキヤー、分かってるよ、お母さんも病気だったしさ、まだ小さい弟や妹もいたし……」

「ほんとうに、あなたと行きたかったの、一緒に行きたかったのよ、新しい鞄《かばん》もサリーも買って、荷物も全部作って屋根裏に隠してたのよ、でも、あの夜ね、やっぱり私の様子が変だったんでしょう、父に言われたの、『言っとくがな、イラッキヤー、もし万が一あの男と駆け落ちなんぞしたら、私と母さんは死ぬ。お前が私たちを殺したいと思うんならそうしろ、いいか、わかったなイラッキヤー』」

その愁嘆場の前後でも左右でも大量の百年泥をいきおいよく掘り、掻《か》きまわ

しこねまわし、跳ねとばすいきいきした音が満ちあふれ、合い間合い間にさまざまな声が、「楽しかったな、おいローケーシュ、クリケットの全国大会でカシミールまでみんなで行ったの、おぼえてるか？　車中二泊だよ、そんでいざ行ってみたら一週間土砂降りで大会中止だって、ひでえよな。でもおれたち、あんとき生まれて初めてみぞれを見たんだよな」「五歳のディーワーリーのときやったなあ、家族のお菓子《ミッターイー》みんな食うてもうたん、わっしゃねんムルゲーシュ、悪かったほんまに。あんとき全部お前のせいにしてもうたんはな、うちへ下働きに来とるくせにいっつも学校の成績、わしよりはるかにええさかい、お母やんがいつも小言いいよんねん。せやけどいきなりクビなってもて、えらい困ったやろ、そのあとおまえ学校来んようになったもんな、かんにんや、かんにんやで」「お義母《かあ》さま、あなたがお友達に打ち明け話されるのをずっと立ち聞きしていて、のこらず近所の人たちにいいふらしたのは、わたくしなんでございます、あなたのお父様の御領地が近いと存じていて村に帰る召使いの耳にそれとなく入れて醜聞が広まるようにしたのもわたくしなんでございます。ずっと、ずっと、お詫《わ》び申し上げたかったんでございますの」また、娘らしい人物に脇を支えられた老女が、今掘り出されたばかりの美少年の両手を握りながら大粒の涙を流しているのは、いったいどういった訳ありだろう。

かつて綴《つづ》られなかった手紙、眺められなかった風景、聴かれなかった歌。話されなかったことば、濡《ぬ》れなかった雨、ふれられなかった唇が、百年泥だ。あったかもしれない人生、実際は生きられることがなかった人生、あるいはあとから追伸を書き込むための付箋紙、それがこの百年泥の界隈なのだ。そう考えたところで私はふと、人生、人生といえばこの語はつい最近『みんな日本語』に出てきてクラスで説明したばかりだが、「人生」「一生」「いのち」「生活」「生き物」等の英訳があいにくぜんぶ〈life〉だから、全部まとめて導入した上で逐一それらの違いを説明すべきところ、七面倒くさく適当に流してしまったことを思い出してしまった。教科書の少し後の会話に「いのち」という新出単語が出てくるから、今度はきちんと導入しなければデーヴァラージに突っこまれてひどいことになる、そんなことも思い出し急激にゆううつになりながら大きな橋の端から端までつらなる気の遠くなるような泥々の筋々、その内外にくんずほぐれつ群れみだれる人びとを私はぼんやり見た。

それにしても、当時そのままの姿かたちで百年泥に保存されていたこの人たちはすでに、あらいざらいこの世から消えた人ばかりなんだろうか、朦朧《もうろう》と考えた私の耳にまたべつの声が聞こえた。

「……あなた、本当は大学院へ進んで機械工学を勉強したかったのに、私との結婚を許してもらうためにヒンドゥー・テクノロジーズに就職してくれたのよね。それなのにカーストが違うからって父が反対して……」

思わずふりむいたのは現在私が勤務中の会社名が出たからだったが、見れば声の主は五十年配の女性、横顔だけだが凛《りん》とした美しい人、彼女がひしと抱き合ってる男性を見ると二十代半ばの美青年、つり合いからいえば彼女の息子ぐらいの年ごろだが、その顔になんだか見覚えがある。誰だ、誰だと考えたあげく、まさかのカールティケーヤン副社長にうりふたつ、ただし年齢をのぞき、という結論にいたって私はまじまじ二人に見入った。あのいかにも堅物然としたカールティケーヤンさんに、こんなロマンスがあったなんて隅に置けない、来年の契約更改のさい、昇給交渉のカードとして鋭意用いることを私は決心する。

依然として抜き差しならぬすし詰め状態の橋をさらに進んで行くと、突然右方向から、ちょっとお、これはうちの甥《おい》なのよ、なにを言ってるんだ中学からのぼくの大親友だよ、ふざけんなおれのいとこだよ顔似てんだろこの鼻見ろよ、激しい言い争いの声がする。

見るとたったいま数人の手で百年泥の中から掘り出されたばかりの四十代半ばの男、だしぬけに勃発《ぼっぱつ》したバトルのど真ん中に放り出されきょとんと周りを見回す、すぐそばを通りかかったとき顔を見たらまた誰かに似ている。

無精ひげに泥まみれのポニーテール、だが誰か思い出せない。通り過ぎかけたところで、そうだ、五巡目の男と思い出す。私にサラ金で金を借りさせ、ラーメン一杯おごったあと失踪《しっそう》した男、もとはといえばその男のお引き立てで南インドまで来るはめになったのだ。私は肩ごしにまじまじと、まだらに生乾きの泥ののこる男の顔を見つめ十秒間待ったが、すでに憎しみの命数が尽きていることを知ったのみだった。

こうなにもかも泥まみれでは、どれが私の記憶、どれが誰の記憶かなど知りようがないではないか？　しかしながら、百年泥からそれぞれ自分の記憶を掘りあてたと信じきってる人びとはそれどころじゃない、めいめい百年泥のわきにべったり座り込み、一人一人がここを先途と五巡目男にむかってかきくどくのだった。一人の女性が五巡目男の肩をつかみ、

「ね、ね、センゴーダン、ポンディシェリ楽しかったわねえ、日本人の学生といっしょにワイン飲んでさあ、どこから来た子だっけ、日本の首都だったらヒ

ロシマかな、あナガサキか、あれからあたし一度もワイン飲んでないの、去年禁酒令出ちゃったしねえ、やだやだ、ケーララからビハールからどこから禁酒州になっちゃってさ……。ね、また行こうよポンディシェリ、ポンディなら飲み放題だもんね、今度はさパーンディアンの車で、あの人また最近スズキの新しい車、親に買ってもらったってそんでこのあいだお坊さん呼んで交通安全の御祈禱《プージャー》して……」

話のさいちゅうに隣の男が、五巡目男の肩に置いたその女性の手を乱暴にふりはらい、ぽん、と五巡目男の泥だらけの背中を叩《たた》いて自分の方に向かせてからにわかに自分のTシャツの右袖《そで》を肩までまくりあげ、

「シヴァクマール、ほらこれ見ろよ、分かるか？　おまえと一緒に入れたタトゥ、映画に感動して主演俳優のと同じの入れたんだよな、これたしか、パンダって名前だっけ？　チベットの山奥に住んでる世界最強の猛獣らしいな、そういや一見タレ目に見せかけといて、よく見りゃ獰猛《どうもう》そうな眼してるよ、オレも

こんな男になりてえ。それにしてもおまえとはよく一緒に映画見に行ったよなあ、毎週行ったな。何てったっけ、あの俳優？　たしかF3レーサーと離婚したパキスタン出身の女優と結婚してスピード出しすぎて交通事故起こして大ケガしたあとヤク中で病院送りになったんだよな。さあ、おまえのも見せてくれよ。あんときはワイディヤもいっしょに……」

ふたたび話のさいちゅうに別の男が横合いから五巡目男の両肩をつかみ、力ずくで自分の方へ向かせて正面の場所を強奪したため、話していた男が吹っ飛ばされ百年泥の中へ顔からつっこんだ。強奪男はまったく頓着《とんちゃく》せず自分の手首の、トルコ石のように青く細密な縞《しま》模様入りのブレスレットを五巡目男の目の前に突きだし、

「これ、ね、覚えてるだろティヤーガラージャン、ほらあのとき、ヴィシュヴァナータ寺院の前の露店でさ、一緒に万引きしたブレスレットだよ。ぼくたち高校二年だったっけ？　とくに欲しいわけでもなかったのに、ちょっと悪いこ

としてみたかったんだよね、それで逃げるとき『テロだあっ！　自爆テロだ！　みんな逃げろ！』って叫んだら店員も客も通行人もまっさおになって、全員後もふりむかずに逃げ出して捕まんなかったんだよね」

　等々、それぞれが五巡目男を相手に自身の記憶を言い張って飽くことがない。一方の五巡目男はといえば、くるくる入れ代わり立ち代わりじぶんの前に来ては去る目鼻立ちを眺めるのか眺めないのか、ただぽかんと向けたその顔になんの感情も判断もうかぶことはなかった。

　なにぶん前世のことでさだかではないが、気弱そうな笑顔が好きだったような気がするその男、私の目にはどこをどう見ても東アジア系の目の細いおじさんにしか見えない男を甥だ親友だいとこだとインド人が奪い合うさまをながめれば、つまりは先程来、山崎12年ボトルに人魚のミイラと、降ってわいたように百年泥から見間違えようのない記念品が転がり出すことでたちまちほどけたあの記憶の数々、さも私のものらしかったそれらもひっきょう他人事《ひとごと》とおもうしかなく、実のところ私の人生のそうとう以前、たぶん母を亡くした時点から自身の人生のパーツパーツにいまひとつリアリティがもてないでいたのだったが、どうやら私たちの人生は、どこをどう掘り返そうがもはや不特定多数の人生の貼《は》り合わせ継ぎ合わせ、万障繰り合わせのうえかろうじてなりたつものとしか考えられず、そんなことを知るためにわざわざ南インドまで来たのかと思うと心底なさけなくなった。

雑踏に全方位をぎっしり包囲されたまま、なすすべもなく私が通り過ぎた後も、百年泥のかたわらで五巡目男をめぐりさいぜんのインド人たちがデッドヒートを繰り広げるらしい気配は背後で延々と続いていたが、そこへ、

「ああっお兄ちゃん！」

「お前！　イラヴァラサン！　イラヴァラサンだろ？　おいおい何年ぶりだ？」

さらに一人二人加わった様子だ。

それにしても、私の担当する初級日本語クラスは基本四か月で、その終了を夢にみるほど待ちこがれてたのに、終了目前にして洪水のため無期限延長せざるをえないのはあきらかだ。おそらく多くの生徒が故郷へ帰ってしまったのだろうし、彼らがいつチェンナイへ戻ってくるか不明だ。全員が揃うのを待ち、あらためて教科書を最後まで終えなければならない。

そのとき、今までの停滞が嘘《うそ》のように人と車とバイクの列が突然するする動き出し、いっせいに流れはじめた人々の肩と肩の間から、ふたたび目の前にデーヴァラージが現れた。熊手《くまで》で泥まみれのウイスキーボトルと人魚のミイラと大阪万博の記念コインを掃きよせ、さも面倒くさそうに欄干の切れめからいっしょくたに川に落としている。ガラスケースは割れて泥中《でいちゅう》に散逸したのだろう、落ちきらぬ人魚のミイラの尻尾《しっぽ》らしきものをぐいっ、片足で押しやり蹴《け》っとばすことまでした。はい御破算、百年後にまたどうぞ、そう言いたげなデーヴァラージの横顔。おなじみのそのうすわらいの横顔を見ながら、人いちばい法螺《ほら》話《ばなし》も得意にちがいないこの人物とまだ当分縁が切れそうにないじぶんの身のうえに私は深いため息がでた。

車道のあちこちからするどい警笛が響いたのに熊手をとめ、デーヴァラージがついでのように言うのが聞こえた。

「せんせい、cancelは、にほんごでなんですか」

「〈とりけします〉です」

「わたし、まえに〈女の人は子どもが好きではありません〉といいました。とりけします」

「そうですか」

「せんせい」

「なんですか」

「こんど、いっしょに海へいきませんか」

「いやです」

答えながらあやうく足を踏み外しそうになる。いつのまにか最後の段差のところまで来ていた。橋は尽きた。段差を飛び降りる、左は会社。

解説

末木文美士

芥川《あくたがわ》賞受賞作の解説なんて、一生に一度しかない晴れ舞台で、ご指名に与《あずか》って光栄だが、すごく緊張している。何を書けばいいんだろう。どこかのインタビューで、彼女が東大の印哲でいい先生に巡り合ったというようなことを言っていたけれども、それは僕ではない。その頃、中国仏教を専門とする教授が欠員になっていて、形式的には僕が引き受けたけれども、実質の指導は別部局のO教授にお願いしていた。そんなわけで、じつに教育不熱心で不親切な教師だった。ごめんなさい。

東大生というと、頭の回転が速くて、理路整然として、だけど冷酷で、卒業したら、高級官僚になって、書類の改竄《かいざん》を指示する（自分ではしない）というようなのが、一般的なイメージかもしれない。けれども、印哲（正式にはインド哲学仏教学）というのは、東大の中のブラックホールみたいなところで、およそわけの分からない学生が集まってくる。そもそも定員に満たず、不足分を学士入学で補っている。学士入学というのは、専門的知識のない他大学出身者でも、語学がある程度できれば、比較的簡単な試験で三年生に編入される。そんなわけで、かなり年齢の高い、異色の経歴の人が、仏教を勉強したいという一念で入ってくるから、油断できない。

石井さんも学士入学で入ってきた一人で、ひょろっとした長身で、どこか世間離れした風情《ふぜい》が印象的だった。大学院の修士課程を了《お》え、博士課程に進学して、学会でも発表し、一人前の研究者としてのスタートを切ったが、その後、あまり研究室に顔を見せなくなった。そのまま特に連絡もなく、数年経《た》った。

その間、ちょっとした縁で彼女の消息を聞いていたが、ある日突然本人からメールが来て、じつは私は小説を書いていて、この度新潮新人賞を受賞したから、『新潮』に掲載された受賞作を読んでくれ、ということだった。近所の小さな本屋にはなくて、探し回ってやっと『百年泥』に巡り合った。そんな立派な作家さんとはまったく知らなかった。

読んでみると、これはすごいインパクトがある。さっそく彼女に返事した。これは芥川賞とれるよ、ただし、選考委員がこういうスケールの大きいホラ話が分かるだけの力があればの話だけど、と。さいわい心配するまでもなく、すんなり芥川賞を受賞して、彼女は僕の手の届かないところの人になってしまった。

＊

そこで『百年泥』だが、今さらあらすじを書く必要もあるまい。確かに過去と現在、インドと日本が入り組んで一見ややこしそうだが、素直に読んでいけば、それほど分かりにくいことはない。二〇一五年に作者が渡印してすぐに、チェンナイに百年に一度の大洪水があって、市内が水浸しになったのは、本当のことだ。それに作者がＩＴ会社で日本語を教えていたのも事実だし（読者がそれを知らなくても何となく分かる）、設定にフィクションはあっても、ベースは事実に基づいているらしいと、安心する。ところが、そうは問屋が卸さない。

「私」は大洪水の後のアダイヤール川の泥まみれの橋を渡って会社に行こうとする。ところが、途中で「何か変だな」と感じたところから、「百年泥」の奇妙な世界に入っていく。このあたりは巧妙で、インドならばそんなことがあってもおかしくないと、何となくすんなりと納得して、あまり抵抗なくとんでもない世界に入り込んでしまう。

発表当時、飛翔《ひしょう》通勤の話があまりに本当らしくて話題になった。ＩＴなどの最先端技術で世界のトップを行くインドならば、実際にありそうだと思わせてしまうところが、作者の腕前だ。しかも、その翼を専属の係員がバナナの枝に干し、かつまたその横はバナナの実を調理する軽食スペースになっているというおまけがついていて、いかにものんびりしたインド風景で、笑わせる。

こういうユーモアたっぷりのサービスはいろいろと仕掛けられている。チェンナイと大阪が全市の招き猫とガネーシャ像をすべて交換した、なんて話はいかにも嘘《うそ》っぽくても、両市が友好都市提携を結んだというのはもっともらしくてありそうだ。ところが、ネットで調べてみると、そんな事実はない。二〇一五年にチェンナイが日本の都市と姉妹都市提携を希望するという文書は出ているが、どうやらそれに応じた都市はなかったようだ。こんなちょっとした引っ掛けが随所にちりばめられている。

ついでに言えば、ヴィシュヌの義姉《あね》が「川崎のマクド」で働いている、というのも、あれっと思わせる。関東ならば「マック」であって、「マクド」は関西の略し方だ。さすが大阪人の面目躍如で、インドのIT関係者の日本語は、大阪弁が標準語になってしまうかもしれない。

それはともかくとして、この小説は導入の仕方が見事だから、読者はそこに引っかかって、作者の仕掛けを面白がるほうに熱中してしまう。けれども、全体としての構成はしっかり考えられている。橋を渡り始めるところから出発して、渡り終わるところで物語が完結するというのは、よくあるパターンだが、それだけではない。最初に泥の中から死者が立ち上がってぎょっとさせるが、その後、話の真ん中では「百年泥」からの甦《よみがえ》りの話はしばらくおいて、最後にまた、ドドッと出してきて、締めくくる。

これもあまりにつじつま合わせではないか、という批判はあるかもしれないが、そうは思わない。冒頭では、死者が甦って平然と家族や友人と立ち去るという過去と現在の混在を、インド的な不思議として外から眺めていた「私」自身が、最後のところではその泥にどっぷり浸《つ》かってしまう。完全にタガが外れて、過去も現在も、インドも日本もごっちゃになり、それどころか個人という刻印までもが融解し、崩壊してしまう。「私」に借金をさせた過去の男が、同時にセンゴーダンでもあり、シヴァクマールでもあり、ティヤーガラージャンでもあり、一体それは誰なのか。そもそも私自身だって、本当は誰だか怪しいのではないのか。

「どうやら私たちの人生は、どこをどう掘り返そうがもはや不特定多数の人生の貼《は》り合わせ継ぎ合わせ、万障繰り合わせのうえかろうじてなりたつもの」でしかない。かけがえのない私だけの個性なんて、どっかへぶっ飛んでしまう。「どれが私の記憶、どれが誰の記憶かなど知りようがない」のだ。「百年泥」とは、まさしく次々と積み重ねられてきた膨大な人々の記憶の堆積《たいせき》なのだ。

いや、ただ記憶というだけでない。「百年泥」は、「かつて綴《つづ》られなかった手紙、眺められなかった風景、聴かれなかった歌。話されなかったことば、濡《ぬ》れなかった雨、ふれられなかった唇」であり、「実際は生きられることがなかった人生、あるいはあとから追伸を書き込むための付箋紙《ふせんし》」でもある。記憶の底に沈んでいるのは唯一《ゆいいつ》の事実としての過去ではない。あったかもしれない複数の過去もまた入り混じり、重層して堆積している。本当の過去などありはしないし、まして本当の自分などあるわけがない。世界は一つではない。それは、ありうる可能的世界の存在を認める複数世界論を思い起こさせる。

「私」は小さい時からその感覚に親しんできた。「私がすごした日曜日と、私がすごさなかった日曜日。両方とも同じ日曜日」。それならば、「私がすごした日曜日」だけが優越するわけにいかない。可能性と現実性という次元の異なる二つの世界が同格で入り混じる。

それでは、まったくの無秩序で、ただ混沌《こんとん》になってしまうのか。それもまた、そう単純に行くわけではない。その鍵《かぎ》となる人物がデーヴァラージだ。「私」の日本語の生徒たちが、みんなエリートのお坊ちゃんで、精神年齢十歳の小わっぱどもの中で、デーヴァラージだけが異質で、厄介者だ。その彼が交通違反の罰として橋の上の「百年泥」を掘り返し続け、「百年泥」への案内人という、ベアトリーチェの役柄を果たすことになる。「私」の記憶とデーヴァラージの記憶が交錯しつつ呼び戻される。「私」は、母と母の再婚相手の義父に育てられたが、義父は債権取り立ての仕事に「私」を連れて行く。母は美しいけれどもほとんど口をきかない「人魚」だった。「私」もまた言葉を通して他者と関わるのが苦手だ。それがある時、母が幼時の記憶を語るのが、ことばとならないことばで聞こえてくる（作者は「鳴る」と表現する）。母は折り合いの悪い義母に育てられ、近所のおばあさんと親しんだ。その記憶はよもぎ餅《もち》を通して、「私」に伝わる。大事なのは、語られたことばではなく、「話されなかったことば」なのだ。

デーヴァラージの幼時はもっと劇的だ。彼の両親は親に許されない恋愛結婚だった。母は一度は捨てられた子で、民間治療師のヒーラーに可愛《かわい》がられる。父は熊《くま》と相撲を取る旅芸人で、その旅に彼を連れて行くが、その間に母が亡《な》くなる。そのこともまた、ことばにならないことばとして「鳴る」ことで「私」に伝わる。母の変わった生い立ち、父（義父）との関係など、「私」とデーヴァラージは相似形をなす並行的な存在として牽《ひ》きあう。互いに無関係で、顔も見合わせないままに、同じ周波数で呼び合う。

だが、だからと言って何になるのだ。百年泥から引っ張りあげられても、また沈み込んでしまうだけの話ではないか。その中で、少しだけ光明の見えるのが、デーヴァラージの母の埋葬の話だ。遺言通り、ガンジス河に遺骨を撒《ま》くために、ヴァーラーナシーまで車でやっと遺体を運んだが、火葬にするお金が残っていない。日本人旅行者の荷物を盗もうとして、かえって旅行者が子供に盗まれた荷物を取り返してやることになる。母の火葬のためにお金を貸してくれと頼む彼に、旅行者はお金を差し出して言う、「日本ではこういう行いを、〈供《く》養《よう》〉っていうんだよ。ほとけさまを供養する、日本ではそう言うんだ」と。

突然出てくる〈供養〉という古風な言葉にいささか途惑う。そう言えば、だいぶ前のほうに、これも唐突に〈供養〉（ぐよ？）ということばが、教室でデーヴァラージの口から出ていたのは、この伏線だったのだ。「東洋文庫に入っていそうな話」と、作者自身照れ気味にコメントするように、いささか時代がかったお説教臭い説話だ。けれども、すべてが百年泥の中に沈み込んでは、甦ってはしゃぎあう、出口のない不可思議でブラックな祝祭空間の中で、鮮烈に一筋の光を放つのが、この日本人旅行者の〈供養〉の一言だ。それは、まるで二河白道《にがびゃくどう》（煩悩《ぼんのう》の火と水に責められる中で、仏の示す一本の白い細道）のようなものではないか。

この〈供養〉を引き出す秘密のアイテムがエキスポ'70のコインだ。関東在住者にとっては、東京オリンピックはともかく、大阪万博はほとんど無関心以外の何物でもなかったし、それよりも全共闘の名残の大学のゴタゴタのほうが切実な問題だった。けれども、万博はかの太陽の塔に象徴されるように、日本の高度成長の輝かしい達成を誇らかに世界に謳《うた》い上げた一大イベントだった。当時子ども世代だった関西人にとっては、一生忘れられない強烈なできごとだったに違いない。

万博と〈供養〉、それが本当に救いになるのかどうか。物語の最後で、デーヴァラージがすべての記憶のかけらを川に掃き落としてしまう。「はい御破算、百年後にまたどうぞ」というわけだ。すべてをリセットして、「私」も橋を渡り終えて日常に戻る。泥は閉じ込めて、蓋《ふた》をして、めでたし、めでたし、とはいかないものの、まああよかったというところか。いや、そうはいかないだろう。

この解説を書いているとき、ちょうど新型コロナウイルスの感染拡大で、首相が緊急事態宣言を発令した。これはもう百年というものではない。世界戦争以上の、いまだかつてない大災厄だ。見えないものを相手に、世界中が怯《おび》えきっている。文明なんて、なんと脆《もろ》いものだろう。インド的発想の壮大さとたくましさに、もっと学ばなければいけないのかもしれない。仏教の世界観によれば、人類どころか、この宇宙もまたやがて滅び、しかしまた生成されてくるという。たぶん、そういう大きな世界の中で、「ほとけさまへの〈供養〉」もはじめて生きてくるのであろう。

作者は本書でデビューした後、『象牛《ぞううし》』『星曝《ほしさら》し』と、ほぼ一年に一作のペースで、着実に作品を生み出している。『星曝し』では、舞台を日本に移した。それはそれでいいのだが、やはり僕などには、インドと日本にまたがるデビュー作の大きなスケールが作者のいちばんの魅力のように思われる。もっと欲張っていえば、それを長編に膨らませてくれたらと思う。作者が専門として学んだ中国的世界も、きっとまたそのうちに生きてくるだろう。ちまちました日本の隅っこをつつくだけでなく、アジアを股《また》にかけての雄大な物語を構想できるのは、今の日本では彼女をおいて他にいないように思うのだ。

（二〇二〇年四月、東京大学名誉教授、仏教学）

この作品は平成三十年一月新潮社より刊行された。

井上靖著

猟銃・闘牛

芥川賞受賞

ひとりの男の十三年間にわたる不倫の恋を、妻・愛人・愛人の娘の三通の手紙によって浮彫りにした「猟銃」、芥川賞の「闘牛」等、3編。

安部公房著

壁

戦後文学賞・芥川賞受賞

突然、自分の名前を紛失した男。以来彼は他人との接触に支障を来し、人形やラクダに奇妙な友情を抱く。独特の寓意にみちた野心作。

松本清張著

或る「小倉日記」伝

芥川賞受賞　傑作短編集(一)

体が不自由で孤独な青年が小倉在住時代の鷗外を追究する姿を描いて、芥川賞に輝いた表題作など、名もない庶民を主人公にした12編。

安岡章太郎著

質屋の女房

芥川賞受賞

質屋の女房にかわいがられた男をコミカルに描く表題作、授業をさぼって玉の井に〝旅行〟する悪童たちの「悪い仲間」など、全10編収録。

吉行淳之介著

原色の街・驟雨

芥川賞受賞

心の底まで娼婦になりきれない娼婦と、良家に育ちながら娼婦的な女――女の肉体と精神をみごとに捉えた「原色の街」等初期作品5編。

小島信夫著

アメリカン・スクール

芥川賞受賞

終戦後の日米関係を鋭く諷刺した表題作の他、『馬』『微笑』など、不安とユーモアが共存する特異な傑作を収録した異才の初期短編集。

庄野潤三著

プールサイド小景・静物

芥川賞・新潮社文学賞受賞

突然解雇されて子供とプールで遊ぶ夫とそれを見つめる妻――ささやかな幸福の脆さを描く芥川賞受賞作「プールサイド小景」等7編。

遠藤周作著

白い人・黄色い人

芥川賞受賞

ナチ拷問に焦点をあて、存在の根源に神を求める意志の必然性を探る「白い人」、神をもたない日本人の精神的悲惨を追う「黄色い人」。

石原慎太郎著

太陽の季節

文学界新人賞・芥川賞受賞

「太陽族」を出現させ、戦後日本に衝撃を与えた『太陽の季節』。若者の肉体と性、生と死を真正面から描き切った珠玉の全5編！

開高健著

パニック・裸の王様

芥川賞受賞

大発生したネズミの大群に翻弄される人間社会の恐慌「パニック」、現代社会で圧殺されかかっている生命の救出を描く「裸の王様」等。

大江健三郎著

死者の奢り・飼育

芥川賞受賞

黒人兵と寒村の子供たちとの惨劇を描く「飼育」等6編。豊饒なイメージを駆使して、閉ざされた状況下の生を追究した初期作品集。

北杜夫著

夜と霧の隅で

芥川賞受賞

ナチスの指令に抵抗して、患者を救うために苦悩する精神科医たちを描き、極限状況下の人間の不安を捉えた表題作など初期作品5編。

百《ひゃく》年《ねん》泥《どろ》

新潮文庫　い－137－1

令和二年八月一日発行

著者　石《いし》井《い》遊《ゆう》佳《か》

発行者　佐藤隆信

発行所　株式会社　新潮社

郵便番号　一六二―八七一一
東京都新宿区矢来町七一
電話　編集部(〇三)三二六六―五四四〇
　　　読者係(〇三)三二六六―五一一一
https://www.shinchosha.co.jp

価格はカバーに表示してあります。

乱丁・落丁本は、ご面倒ですが小社読者係宛ご送付ください。送料小社負担にてお取替えいたします。

印刷・大日本印刷株式会社　製本・株式会社植木製本所

© Yûka Ishii 2018 Printed in Japan

ISBN978-4-10-102171-3 C0193